異世界の迷宮都市で治癒魔法使いやってます①

幼馴じみ

MONSTER bunko

Contents

第１話　無職になる

迷宮都市メルハーツ。

　迷宮を中心として広がるこの都市の外れ、『エリス治療院《ちりょういん》』で俺はいつものように仕事に励《はげ》んでいた。

「うわ、この傷ちゃんと処置しなかったのか？　膿《う》み始めてるよ。これはディスポイズンも必要だな。ヒールと合わせて四〇〇ゼニーだ」

　目の前には、鮮やかな赤毛を肩まで届く程度に伸ばした少女。ほどよく筋肉のついた肢体と、シンプルなシャツにショートパンツというラフなスタイル。

　ボーイッシュな雰囲気だ。

　その彼女の左腕には、鋭いもので引っかかれたような傷がある。

　けれど、痛々しい傷跡に反して彼女の受け答えは快活で、特段その傷を気にするような様子はない。

　そう、彼女にとってこの程度の傷は日常茶飯事なのである。

　彼女は「冒険者」なのだから。

　そんな彼女の腕に「治癒《ちゆ》魔法」をかけると、ぼんやりとした光が患部に集まり、傷が修復されていく。

「ええ、四〇〇かー。シキ、もうちょっとだけ安くならないかなぁ？　前の探索《たんさく》で装備も壊れちゃって、お金ないんだよー」

「駄目《だめ》だめ。勝手に治療費《ちりよう》安くしたりなんかしたら、今度こそエリスにクビにされるから。これ、雇われ治療《ちりよう》師の辛いところね」

俺、佐藤四季《さとうしき》は、現代日本の大学生だった。

それがある日、突然この異世界にやってきた。通り魔に包丁で刺されて、死んだと思ったらなぜかこの迷宮都市で倒れていたのだ。

そして元々、日本で贋物《がんぶつ》専門の古物商として小金を稼いだり、サイキックヒーリング系の新興宗教を興して大金を稼いだりしていたことに関係があるのかないのか、俺はこの世界で鑑定のスキルと治癒《ちゆ》魔法のスキルを身につけていた。

それからこの異世界で生計を立てるため、紆余曲折《うよきよくせつ》を経て『エリス治療院《ちりよういん》』で働き始め、今日で三ヶ月、といったところだ。

「えぇー、大丈夫だよー、バレたりしないって。ディスポイズンの分だけでいいから！　お願いしますよー」

むにゅり。

赤毛の少女が、治ったばかりの腕をぎゅっと寄せる。

ボーイッシュな雰囲気からは想像できないほどに大きな胸が、ぐぐっと上に押し上げられる。

これはやばい
色々とやばい。

迷宮探索《たんさく》用の装備をつけていない彼女の胸元を隠すのは、シンプルなシャツ一枚。

さすがに下着はつけているが、この世界の下着には固定のためのワイヤーなんていう無粋《ぶすい》なものは入っていない。薄い下着では押さえきれない豊かな双丘《そうきゅう》が、ぷるんと揺れる。

「で、でもなぁ」

この治療院《ちりょういん》の経営者、エリス。

異世界にやってきてすぐ、働く場所を探していた時のことだ。街で偶然《ぐうぜん》見かけた彼女の修道服に詰め込まれた、はち切れんばかりの巨乳に惹《ひ》かれ、ちょっとストーキングしていたら、この治療院《ちりょういん》に辿り着いた。

そして、俺はここで働くことになった。けれど正直、環境はよくない。

まず、街の中心の迷宮から遠い立地のせいか、客が少ない。

客が来ないから、治療《ちりょう》の料金を無理に安くして他所《よそ》からも客を集めているような所だ。

もちろんそんな経営だから、この治療院《ちりょういん》には金がないし、給料も安い。

住み込みで働いているから、給料は正直どうでもいいのだが。

こんな経営の治療院《ちりょういん》で値引きなんてしたら、エリスになんて言われるか。

いや、実はすでに怒られていて、次にやったらクビ、とまで言われてしまっている。

それも何回も。

しかし、わざわざ迷宮から遠い治療院《ちりょういん》に来るような冒険者はたいていが一癖《ひとくせ》ある金の亡者、海千山千の猛者《もさ》たちだ。

「ほらぁ、少しだけなら触ってもいいんだよ～？」

卓越《たくえつ》した彼女らの交渉技能を前に、抵抗虚《むな》しく毎度値引きさせられてしまう。

すべてはこんな罪作りな果実を産み出してしまった神がいけない。

まぁ、俺は日本の一部では新興宗教の教祖として神のように崇《あが》められていたわけだから、俺がいけないとも言えるけど。

「しょーっがないなぁーっ。それじゃ、ヒールの分で二〇〇ゼニーだ！」

「わーっ、ありがとう！　それじゃ、少しだけね」

赤毛の少女が胸を張り、その大きな双丘《そうきゅう》を突き出す。

じっと彼女の顔を見つめると、頬《ほほ》がわずかに紅潮《こうちょう》し、ふいっと顔を横に逸《そ》らす。

これだよ。これですよ。

この男を掌《てのひら》の上で転がすような魔性の仕草。男を惑《まど》わす猫撫《ねこな》で声。

この子は毎回これだ。

こんなものを一度でも見たらもう値引きせざるをえない。俺の意志が弱いんじゃない、この子の技量が凄《すご》いんだ。

そして、少女の胸に手をのばすと――

「何、してるの？」

絶対零度の声が、治療《ちりょう》室に響いた。

「やっ、あっ、私もう行くねー。治療《ちりょう》ありがとうございましたー！」

あぁ、ボーイッシュちゃんがダッシュで逃げた。

さすがは冒険者。素晴らしい身のこなしである。

まだ揉《も》んでいないのに。というか治療《ちりょう》費ももらってない。払えよ。

彼女が逃げた理由は言わずもがなである。

治療《ちりょう》室の入口で仁王立ちする、腰まで伸びた金髪の女性、エリス。

一八歳にして、この治療《ちりょう》院《いん》を一人で切り盛りする、性格がちょっとキツめな女の子。

先ほどのボーイッシュ少女が霞《かす》むほど豊満な胸を押し上げるように腕を組み、こちらを睨《にら》みつけている。その目線は、俺を射殺せんばかりの鋭さだ。

「あ、ははははは」

処世術《しょせいじゅつ》その一、困ったら笑っておけ。

「私、言ったよね。勝手に値引きするなって。何度も、何度も、何度も、何度も」

効果はなかった。

「ほ、ほら、あれはさ、アレだよ。あー、胸！　胸を怪我《けが》してたみたいでさ、治療《ちりょう》しなきゃでしょ？　ね？」

処世術《しょせいじゅつ》その二、あれには正当な理由があったんですよ。

「治癒《ちゆ》魔法をかけるだけなのに、なんで触る必要があるのかしら。それに、最初から、見てたから」

効果はなかった。

「も、も、申し訳ありませんでしたあああっ‼」

処世術《しょせいじゅつ》その三、土下座《どげざ》。

勢いの乗ったフォーム通りの完璧《かんぺき》な土下座《どげざ》である。頭を床にこすりつけ、ただひたすらに許しを請《こ》う。この惨《みじ》めさには、怒《おこ》りっぽいエリスもさすがに許さざるをえないだろう。

「……あなたがどうしてもここで働きたいっていうから雇ってあげたのに、何度言っても言うことは聞かない、隙《すき》あらば私にも客にもセクハラ、セクハラ、セクハラ。それなのに食べるのはしっかり二人前。治癒《ちゆ》魔法の腕だけは凄《すご》かったから、今まで我慢してたけど、もう、もう、無理。あなたはクビよ。もう二度と顔を見せないで」

はい、駄目《だめ》でした。

スリーアウトである。

今までエリスには何度も怒られてきたけれど、ここまでの怒りは初めてだ。少なくとも、顔

を見せるなと言われたことは一度もなかった。

「ご、ごめんって、ほら、もうしないからさ。そんなに怒ると綺麗《きれい》な顔が台無しだぜ？」

「チッ‼」

あっ、これはまずい。これはマジギレエリスさんだ。

ノータイムでの舌打ちといい、腐《くさ》った生ゴミを見るような目といい、俺に本気の嫌悪《けんお》を向けているのがわかる。

ぶっちゃけ怖い。かなり怖い。

ここまで怖いエリスを見るのは、昨日水浴びをしていたエリスの裸を必然見てしまった挙句、必然足を滑らせ倒れこみ、必然豊かな胸を揉《も》みしだいてしまった時以来である。あれ？　わりと最近だな。

とにかく、さすがにやりすぎた。マジでクビにされる五秒前。

きっと次の俺の一言が今後の運命を分ける。頭を回転させろ。考えるんだ。起死回生の一言を。エリスが悦びと恥じらいに頬《ほほ》を染め、「素敵、抱いて！」となるような渾身《こんしん》の口説き文句を。

タイムアップ。

「これ、あなたの荷物。もうまとめておいたから」

エリスが大きな麻《あさ》袋をこちらに投げる。中を見ると、数着の男性用の修道服に、バンクカードが一枚。

間違いなく俺のものである。なんとも用意周到なことで。

「あの、エリスさん？」

「さっき言ったとおりよ。あなたはクビ。もう出ていって」

――こうして、俺はエリスの治療院《ちりょういん》を追い出され、異世界で住所不定無職になったのだった。

第2話　奴隷《どれい》を買う

エリスの治療院《ちりょういん》を追い出され、晴れて無職になった俺は途方に暮れていた。

エリスの決意は相当に固く、だだを捏《こ》ねる子供のように治療院《ちりょういん》の入口で見苦しくやだやだしても、エリスの気が変わることはなかった。

俺を追い出した時のあの冷たい表情といい、荷物をあらかじめ用意しておく周到さといい、突発的な感情に任せて追い出したという感じではない。

風呂の一件から一晩経って、一度頭を冷やしても俺を追い出すという結論に至ったということだ。

そう簡単には許してはくれないだろう。

「でも、これからどうしよう……」

目下の悩みは今後の生活費である。

銀行に預金してある金額は給料三ヶ月分。総額六万ゼニーである。

この世界の物価を考えると、日本円換算六〇万円ぐらいだろうか。ちなみに、これは相場と比べてかなり安い。

普通、治癒《ちゆ》魔法使いを治療院《ちりょういん》で働かせようと思ったら、最下級のヒールしか使えないような治癒《ちゆ》魔法使いでも、月に五万ゼニーは必要だ。

そして、俺は自分で言うのもなんだが、治癒《ちゆ》魔法の実力だけはこの世界でも飛び抜けている。

こちらに来てから気づいたが、俺は元々魔力のほとんど存在しない地球ですら、わずかに治《ち》癒《ゆ》魔法を使えていたようだった。

だからこそ、新興宗教の教組に祭り上げられたりしていたわけだが。

元々魔力がろくになくとも無意識に治癒《ちゆ》魔法を使えるほどに素質のあった俺が、魔力の溢《あふ》れるこの世界に来ればどうなるか。

魔力に飢えた俺の肉体は貪欲《どんよく》に周囲から魔力を取り込み、その結果として人ではありえないほどの莫大《ばくだい》な魔力を蓄《たくわ》えた。

現代知識から来る人体の知識は効率的な治癒《ちゆ》魔法の行使《こうし》を可能にし、日本で新興宗教の教祖として一部で神の如く信仰を集めていた俺は、この世界の「信仰を力の源とする」治癒《ちゆ》魔法と抜群《ばつぐん》に相性が良かった。

まぁ、そんなことはどうだっていい。今は、生活費のことを考えなければならないのだ。

風呂がない普通の宿で、一泊だいたい五〇〇ゼニー。

食事は三食がっつり食べて、ざっと三〇〇ゼニーといったところだ。

つまり、一日三食屋根付きの生活をするには、だいたい八〇〇ゼニーかかる。

今の貯金だと、あと七五日もしたら無一文だ。非常にまずい。

別の治療院《ちりょういん》で働こうにも、俺のような異世界出身で、教会で修行もしてないような胡散臭《うさんくさ》い人間を雇ってくれる所は中々ない。

エリスはあれで異世界に来たばかりの俺を受け入れてくれた、優しく懐《ふところ》の深い人間だった。

まあ、もしかしたら俺の治癒《ちゆ》魔法の腕をみて、金の匂いを感じただけかもしれないが。

治癒《ちゆ》魔法の腕前をアピールすれば、どこかしらで拾ってくれるかもしれないが、あまり目立ちすぎるのも良くない。

他に類を見ない実力を持つ治癒《ちゆ》魔法使いとして、下手したら健康マニアの貴族様なんかに無理矢理召し抱えられて、軟禁《なんきん》されてしまうかもしれない。

もちろん俺にはそれに抗う力はない。権力とは恐ろしいものなのだ。極力関わりたくない。

せっかくの異世界なんだから、できればハーレム作ったりしたいし。

しかし、本当にこれからどうしよう。悩んでも結論は出ない、腹が減るだけだ。

「あれ？　シキ、こんな時間に酒場にいるなんてどうしたの？　いつもこの時間は治療院《ちりょういん》だよね」

街の中心付近にある行きつけの大衆酒場で遅めの昼食をとっていると、先ほどの赤毛ボーイッシュちゃんが声をかけてきた。

「隣、いい？」と俺の横に座り注文をする。

「あぁ、治療院《ちりょういん》はクビになったからな」

ジト目で睨《にら》んでやる。そういえば値引きしたのに結局胸を揉《も》んでいない。

というかそもそも料金をもらってない。

揉《も》ませろよ。さすがにこんな場所では言えないけれど。

大衆酒場だけあって、周りにはチンピラ連中もたくさんいる。

こんなところで美少女の胸を揉《も》みしだいたりなんかしたら、悪漢《あっかん》に絡まれない方がおかしい。

俺は基本的には戦闘能力がない。治すだけだ。

だから、こういう場所でのトラブルはあまり起こしたくなかった。

「あ、あはは。そ、それは御愁傷様《ごしゅうしょうさま》」

気まずそうに目を逸《そ》らすボーイッシュちゃん。俺がクビになった理由の一端を担った自覚があるのだろう。

まぁ、今回のエリスの用意周到ぶりからして、これまでの行いからついに我慢の限界を突破してしまったのが、主な原因なのだろうけれど。

「そういえばお前、名前なんていうんだっけ？」

三ヶ月前から何度も治療院《ちりょういん》で会っていたボーイッシュちゃんだけれど、自己紹介をした覚えがなかった。向こうがなぜ俺の名前を知っているのか、わからないぐらいだ。

「なっ、えっ、えぇー‼　私にあんなことまでしておいて、名前も覚えてくれてないの⁉　三ヶ月も付き合ってたのにぃ⁉　えっ、ほ、本当に覚えてないの⁉」

「ご、誤解を招くようなこと言うな、面倒なのに絡まれたらどうすんだよ。それに何日かに一度治療院《ちりょういん》で治療《ちりょう》する程度の仲でしかなかったろ」

「そうだけどさぁ……まったく。ルルカ、私はルルカだよ。ちゃんと覚えておいてよね？」

名前を覚えられていなかったのが相当悔しいのか、むくれてしまった。

「あぁ、忘れないよ」

俺が無職となる一端を担った魔性の人物として。

しかし、本当にこれからどうしよう。安酒をいくら飲んでも良い案は出てこなかった。

はぁ。

「なに？　ため息なんかついてさぁ」

「治療院《ちりょういん》クビになってこれからどうしようかなってな」

「うーん、それじゃあ冒険者になってみるとか？」

「おいおい、冒険者って。俺は治癒《ちゆ》魔法ぐらいしか使えないんだぜ？」

「一人じゃ無理だと思うけどさ、パーティー組めばなんとかなるんじゃないかな。治癒《ちゆ》魔法使い、需要あると思うよ？　私も自分のパーティーがなければシキと一緒に行きたいぐらいなんだけどね」

「そのパーティーに俺が参加するってのは駄目《だめ》なのか？」

「あはは、私のパーティーには潔癖《けっぺき》気味な女の子がいるからねぇ」

女の子だけのパーティーってことか。ぜひ参加したいんですが。治療院《ちりょういん》によく顔を出していたということは、治癒《ちゆ》魔法使いはいないんだろうし。駄目《だめ》か。

俺がルルカなら俺のようなセクハラ常習犯を身内に、しかも女の子に紹介するなんてありえない。

「うーん、初心者の冒険者が仲間を探すって難しくないか？　俺、自慢じゃないけど友達も知り合いも多くないぜ？」

そもそもこの世界に来たのが三ヶ月前なのだ。信頼できる人間なんて、そういない。

「わっ、おいしそー！　ま、シキは治癒《ちゆ》魔法の腕は凄《すご》いんだし、なんとかなるよ。頑張ってね！」

なんとも投げやりな。

どうやら届けられた食事に意識をシフトしたようである。これはもう頼りにならないな。

はぁ、本当にこれからどうしよう。

食事を終え、通りをあてもなくぶらつく。

そういえば、あの日、俺がこの世界にやってきた日もこんな感じだった。

時代を感じさせる古い造りの建物に挟《はさ》まれた、狭く、暗い路地。

ところどころめくれあがった石畳《いしだたみ》には、雪がまばらに積もっていた。

現代日本の街中で、通り魔に襲われ死んだはずの俺は、そこで目を覚ました。

目に映るのは、日本とは結びもつかない、古めかしい西洋風の街並み。

金属製の重厚な鎧《よろい》を着た屈強《くつきょう》な男や、頭に獣《けもの》の耳を生やした女性。

露店で見たこともない果物を売る老人に、指先から水を生み出す子供。

これは夢なのか。ゲームの中なのか。それとも死後の世界なのか。

わけもわからないまま、俺は雪の降るこの街をたった一人あてもなく歩いた。

俺はあの時の心細さと、その後エリスに拾ってもらえた時の嬉しさを、今でも鮮明《せんめい》に思い出すことができる。

結局エリスを怒らせて、追い出されてしまったけれど。

そんなことを考えながらぼんやりと歩いていると、メインストリートから一本脇《わき》に入った通りに、人だかりを見つけた。

その中には粗末《そまつ》な衣服を着た男女がズラリと並んでいた。

奴隷《どれい》市だ。

この世界には奴隷《どれい》がいる。

犯罪をしたから、借金をしたから、自由と引き換えにでも生きていきたかったから。

奴隷《どれい》になる理由は様々であるが、基本的な扱いは一緒である。主人は奴隷《どれい》の最低限の衣食住を保証する。奴隷《どれい》は主人の命令に絶対服従する。

従わない場合、奴隷紋《どれいもん》という魔術刻印が発動し、強制的に従わせることができる。

そうだ、奴隷《どれい》をパーティーに入れて迷宮に潜るというのはどうだろう。

奴隷《どれい》なら、迷宮の中で裏切られるような心配はないし、稼ぎは総取りできる。

相手が信頼できるか、というのは戦闘能力をほとんど持たない治癒《ちゆ》魔法使いにとって非常に重要なことだ。これは、思いつきにしては良い案かもしれない。

見てみると、色々な種族がいた。

皆、全体的に薄汚れていて粗末《そまつ》な衣服を着ているところは一緒ではあるが、犬耳やエルフ耳、下は一〇歳ぐらいから上は四〇歳ぐらいまで様々だった。

しかし、どれも高い。

一番安い人族の四〇歳ぐらいのおばさんでさえ、二〇万ゼニーだ。

見目麗《みめうるわ》しい、しかも魔法使いで戦闘経験もあるエルフの奴隷《どれい》は、なんと四〇〇万ゼニーを超えていた。家が建つような金額だ。

俺の所持金は六万ゼニーと少し。

どう考えても買えない。未練はあるけれど、諦《あきら》めよう。

先立つものがなければどうしようもない。

踵《きびす》を返して今晩の宿でも探そう、と考えたところでふと五万ゼニーの値札が目に入った。

そこには一二歳ぐらいの少女がいた。

まず目を引いたのは顔。

魔物にでもやられたのか、顔に大きな傷があり、口以外はほとんど潰れてしまっていた。

どうやら両目は完全に見えないようだ。

肌の色は薄めの褐色《かっしょく》で、日に焼けた程度の色合いだろうか。

髪はくすんだ灰色で、その脇からエルフの耳が覗《のぞ》いている。だが、片方だけだ。

ろくに食べていないのか、体型は痩《や》せぎす。

ほっとけば死ぬ、そんな印象のダークエルフの少女だ。

パッと見ただけで、両目、鼻、片耳の欠損《けっそん》である。あれを治すには相当な金を積む必要があるだろう。

部位欠損《けっそん》、しかも眼球を治すには教会で言えば、司教か大司教クラスの治癒《ちゆ》魔法が必要だ。

なんであんなのを仕入れたのか疑問に思う。

鑑定を発動すると、彼女のステータスに興味深いものを見つけた。

名前・ユエル
種族・ダークエルフ
所持スキル・短剣術
短剣術のスキル持ちだ。

スキル持ちとは、ピンからキリまであるものの、キリだとしても最弱クラスの魔物を複数相手取る力が保障される。それがこの世界のスキルというものだ。

まだ子供だから力はないだろうが、ダークエルフは機敏《きびん》な動きができる種族である。

素早い動きで相手を翻弄《ほんろう》するような戦闘スタイルなら、冒険者としてもやっていけるかもしれない。

「おっちゃん、そこのダークエルフの子が欲しいんだけど」

「あのダークエルフですか？　ええと、ユエルですね。……あいつは目が完全に見えなくなってるんですが、いいんですか？」

「あぁ」

「本当ですか！　いやぁ、売れてくれて良かった。もう処分するしかないと思ってたところで。五万ゼニーになりますが、お支払いはどうされますか？」

「バンクカードで」

奴隷《どれい》商人のバンクカードに、俺のバンクカードを重ねる。

そして、五万ゼニーの支払いを念じる。バンクカードは、所有者が念じることで中の金を移動させられるマジックアイテムで、たいていの人が持っている。

入金出金が自由にでき、カードだけでも取引できる電子マネーみたいなものだ。

「はい、確かに」

奴隷《どれい》商人がダークエルフを連れてくる。

足取りがおぼつかないのは目が見えていないからか、それとも栄養状態が悪いのか。おそらく両方だろう。

奴隷《どれい》商人が持つ隷属《れいぞく》の魔法がかかった印鑑《いんかん》に、俺の血を一滴垂らし、それをそのままユエルの肩に軽く当てる。

「これで奴隷《どれい》契約は完了となります。返品は受け付けておりませんので、ご了承ください」

奴隷《どれい》商人はユエルを置いて足早に立ち去っていく。

今のままだと売れる見込みのない無駄飯喰《むだめしく》らいでしかないのだから、気が変わらないうちにということだろう。

「ユエルと申します。よろしくお願いします」

ダークエルフの少女は、見当違いな方向に挨拶《あいさつ》をする。やはり目は見えていないようだ。

「あぁ、よろしく。俺はシキだ。まずは一緒に宿に行こうか」

二〇〇〇ゼニーで少女用の下着と古着を一着ずつ、そして安い靴《くつ》を買ってから、部屋に風呂がついている高級な宿に入る。

そしてフロントのお姉さんに、ドン引き、という顔をされた。

風呂付きの宿というのは、そういう目的に使われることも多い。

カップルともなれば、まぁたいていはそれ目的だ。

そして俺は、顔の潰れた年端《としは》もいかない少女を連れている。

どう見ても特殊な趣味、しかもかなり過激なヤバイ人にしか見えない。

いや、誤解なんです。

お姉さんの視線に耐えつつも、一泊二食で二〇〇〇ゼニーという高い支払いを済ませ、部屋に入る。

ダブルやツイン、などという金はないのでもちろんシングルルームである。まずはこびりついた垢《あか》や汚れを落としてやらねばならない。

「まずは風呂に入れる。おーけー？」

「はい、私を買ってくださってありがとうございます。経験はありませんが、ご主人様を少しでも満足させられるよう、精一杯奉仕《ほうし》させていただきます」

ちなみにこれは最初の自己紹介以来の発言である。宿までは完全に無言だった。

目が見えないから、周囲の状況も俺が何をしているのかもわからないだろうし、仕方ないことではあるけれど。それにしても今の発言はヤバイ。

俺はどちらかと言えば巨乳が好きで、ロリコンではないはずなのだが、先ほどの彼女の言葉にゾクゾクと背筋に走るものを感じた。

これが背徳《はいとく》感というやつだろうか。

思わずニタリ、と悪徳貴族のような表情を浮かべてしまいそうになった。

ビー、クール。冷静になれ。

俺のちっぽけでご都合主義な良心でも、さすがにこの年齢の子供に、というのは罪悪感《ざいあく》がある。

それに顔の傷もひどくてそそらない。というかそもそもロリは趣味じゃない。

「い、いや、やっぱり先に治療《ちりょう》をしよう」

「治療《ちりょう》、ですか？」

驚いているのか戸惑《とまど》っているのか、表情が読めない。

読めないというより、そもそもないというのが正しいのだろうが。やはりさっさと治してしまおう。

「あぁ、すぐには目を開けるなよ、エクスヒール」

魔力がスッと抜けるのを感じる。

エクスヒールは単体回復魔法の最高位呪文《じゅもん》だ。

さすがにエクスヒールともなると、魔力が減るのを実感できる。そして、目の前にいるユエルの、目が、鼻が、耳が、急速に再生していく。

「え？　あっ、え？　うぁぅっ！」

「あー、目は開けるなって言ったろ？　しばらくは見えないだろうからそのまま目を閉じて待ってろ。食事でももらってくるから」

ユエルをいったん放置して、一階の食堂でサンドイッチをもらう。

これは無料だった。さすが、高級宿。

まぁここの料金はサンドイッチなら何十人前も買えるぐらい高いんだけれども。


部屋に戻ると、ユエルがいなかった。

えっ、嘘、逃げられた？

いや違う、脱衣所の方からすすり泣くような声が聞こえる。

逃げてなかった。良かった。

少女が逃げていくようなところをあのフロントのお姉さんに見られでもしたら、次に会う時どんな目を向けられるかわからない。

脱衣所を見ると、鏡の前に立ち、鏡を見て顔をペタペタ触りながらすすり泣くユエルがいた。

「目が、あるっ、鼻が、耳があるっ、ううぅっ」

「おっ、もう見えるようになったのか。飯あるからこっちこいよ」

「っ、その声、あ、あなたがご主人様ですか？」

「そうだよ、イケメンだろ？」

間髪《かんぱつ》入れずに抱きつくユエル。

「はい、とても、とてもかっこいいです。これ以上ないくらいにっ」

お、おう。こう返されると反応に困るな。それともこれが奴隷《どれい》というものなのだろうか。

「あっ、ありがとうございます。私の顔を治してくれて。私、もう、あそこであのまま死ぬんだと思って、それで」

こちらを見上げる顔は涙でぐちゃぐちゃだ。

まぁこの世界には日本の生活保護のような、セーフティーネットなんてものはない。

ある意味奴隷《どれい》制度がセーフティーネットと言えるかもしれないが、それでも目が見えない奴《ど》隷《れい》なんて、いつ食事を与えられなくなり餓死《がし》するかわからない、というものだろう。

こんな女の子が、と思うと比較的薄情《はくじょう》な俺でもさすがに同情してしまう。

「よーしよしよし。ほら、サンドイッチ食べるか？　水もあるぞ？」

「ぐすっ、はいっ、ありがとうございます。ありがとう、ございます」

貪《むさぼ》るようにサンドイッチを食べ始めたユエル。もしかしたら奴隷《どれい》商人はもう食事を与えていなかったのかもしれない。駄目元《だめもと》で死ぬまで隅っこに置かれていたのを俺が買った、ということなんだろう。

ひどい扱いに見えるが、失明した奴隷《どれい》の扱いなんてそんなもんだ。

国では奴隷《どれい》の命を無闇《むやみ》やたらに奪うようなことは一応禁止しているが、あくまで奴隷《どれい》が死にさえしなければ問題ない、という程度のものだ。

それも自分の奴隷《どれい》であれば公衆の面前で堂々と殺しでもしない限りは、まずスルーされる。公共の場で血を見せるな、野蛮《やばん》なことをするな、という意味合いの法律なのだ。

いつのまにか奴隷《どれい》が衰弱《すいじゃく》して死んでいた、なんて事件では捜査《そうさ》すらされないだろう。

「食べたら風呂に入るぞ」

「はい、ご主人様は私の恩人です。誠心誠意、心をこめて奉仕《ほうし》させていただきます」

違う。そうじゃない。

確かに傷の治ったユエルの顔は、まさに美少女といえるほど整っている。少し驚いたくらいだ。でも少なくとも三年、いや四年は早い。

「あー、ユエルさん。俺はそういう目的でユエルを買ったんじゃなくて、迷宮に一緒に潜ってもらおうと思って買ったんだ」

「迷宮に？　ご主人様は冒険者なのですか？　てっきり相当高位な神官様かと思っていたのですが」

「あー、俺はな、治癒《ちゆ》魔法が使えるけど実は神官じゃない。しかも今日働いていた治療院《ちりょういん》をクビになって無職になった。これからは冒険者としてやって行こうかと思っていたところにユエルを見つけてな。短剣、使えるんだろ？」

「そうなのですか。えっと、確かに短剣のスキルはありますが、なぜそれを？」

「筋肉の付き方で、な」

実際には鑑定スキルの恩恵《おんけい》であって、そんなものは関係ないし、ユエルは痩《や》せているから筋肉なんてそもそもろくについていないのだけれど、

「一目見ただけでわかるなんて、さすがご主人様です。凄いです！」

無邪気に尊敬の眼差しを向けるユエル。女の子に持ち上げられるのはいい気分である。

「早速明日から迷宮に潜ろうと思うから、よろしくな」

手持ちもあと五九〇〇ゼニーちょっとしかない。

この宿だとあと三日で消える金額だ。

ユエルは痩《や》せぎすではあるが、今日と明日の朝、しっかり食べさせて治癒《ちゆ》魔法をかければ普通に動けるようになるはずだ。無茶をさせるつもりはないが、肉をつけるには運動も大切だ。

「はい、戦闘ならお任せください。ご主人様を命にかえても守りきってみせます！」

ずいぶんやる気だな。

「それじゃ、風呂に入るぞ」

「は、はい。わ、私は初めてなので、優しくしてくれると、あの」

いや、だからそうじゃないって。

特に何事もなくユエルを洗い、買ってきた服に着替えさせた。

風呂を出る時に「本当にしないんですか？」とか「やっぱり魅力が……」とか聞こえたが、さすがにそこまでフォローしきれない。俺はロリコンじゃない。

それから食事の時間になって、ユエルはそれはもうモリモリと食べた。

平気で大人の二人前、三人前を食べる。一階の食堂に何度も軽食をもらいに行って、食べすぎだと宿側からストップをかけられたぐらいだ。

エンゲル係数が急上昇しそうだが、泣きながらおいしいおいしいと言ってパクパク食べるユエルに、ストップをかけるなんてできなかった。

それでも物足りない様子だったので、結局宿から出て、昼飯を食べた酒場で再び食事をとらせることに。

残り五七〇〇ゼニーと少し、酒場を出て、ユエルの武器を買おうと武器屋に行った。

ユエルはやけに真剣に選んでいたが、最終的に刃渡《はわた》り二〇センチほどの鉄のナイフ二本に決めた。

お値段二本で五〇〇〇ゼニー。所持金は残り七〇〇ゼニーと少し。やばい。

宿に帰り、また食事をとってベッドに入る。ユエルは床に寝る。

「いや待て待て、ベッドに入っていいから。ユエルは小さいしまだ余裕あるから」

さすがに自分がベッドに入って女の子を床で寝かせるのは罪悪《ざいあく》感がある。

「あの、よろしいのでしょうか。私は……その……魅力もないですし……」

視線を下に向け、うつむく。

手を出さなかったことへのフォローが必要だったか。

理由は子供だからの一言なのだけれど、納得してはくれないらしい。

どうするべきか。

パターンA　「ユエルは魅力的な女性だよ」

魅力的な奴隷《どれい》に手を出さないのはおかしいか、ボツ。

パターンB　「ユエルのことはもう家族だと思ってるから」

出会って一日で家族ってなんだよ。それにこういう境遇《きょうぐう》にいる人間に「家族」は微妙だ。

喜ぶ可能性もあるが、ひどい地雷《じらい》の可能性もかなり高い、これもボツ。ならば、

「あー、えっと、なんだ、ほら。ユエルはかわいいけど、まだ子供だ。でも三、四年もしたら立派なレディーになるだろう。そうしたら嫌でも一緒に寝てもらうことになる。今のうちに一緒に寝て慣れておけ」

「三年……ですか。はい、わかりました。私、楽しみにして待ってますね！」

違う、そうじゃない。結局ユエルは床から動かないし。

ベッドで寝て欲しかっただけなのに、将来の言質を取られただけだった。

仕方ない。いったんベッドから出て、ユエルを持ち上げる。

力のない俺でも、身長一四〇センチもないユエルを持ち上げる程度なら楽勝だった。

「ひぁっ⁉」

驚くユエルを無視して、そのままベッドに運ぶ。

そしてユエルを抱き枕にして、布団をかけて眠り込む。肉感は足りないが、子供らしく体温が高くて暖かい。

最初からこうすればよかった。


翌朝、宿で朝食をとり、そして物足りなそうなユエルを連れて酒場でもう一度朝食をとった後、迷宮に向かう。

ユエルは本当によく食べる。これで残りは五〇〇ゼニーと少し。

今日迷宮で稼げなければ、かなりまずい。

一日も持たないだろう。やばい。

もしも儲からなかったら、ユエルを売るしかなくなるかもしれない。

風呂に入れたユエルは見違えるように綺麗《きれい》になった。

腰のあたりまで伸びる、くすんだ灰色の髪はダークエルフ特有の艶のある銀髪。食事をしたばかりのせいか、血色もいくらかマシになり、唇は女の子らしい朱色に染まっている。

今なら愛玩《あいがん》用としての需要もあるだろうし、奴隷《どれい》商人に売り直せば一〇〇万ゼニーは堅そうだ。

少し痩《や》せてはいるし、子供ではあるものの、それを差し引いてあまりある商品価値があると思う。

——あ、これ売った方が良いんじゃないだろうか。

一〇〇万ゼニーといったら風呂なしの安宿であれば、三食付きでざっと一二五〇日暮らせる計算だ。

ユエルはまだ子供で俺の趣味ではないし、昨日買ったばかりで思い入れも薄い。売るなら今しかないだろう。それにユエルを売った金で他の男のスキル持ちでも複数買って、アガリだけで生活するのも良いかもしれない。

チラリ、と俺の斜め後ろを歩くユエルを見る。

ニコニコと、それはもう幸せそうにこちらを見るユエルと目が合う。

ニコッ。

俺と目が合って、嬉しそうに表情を輝かせるユエル。

やっぱり……俺にはできない。

いったいどうしてこんな笑顔を浮かべる少女を絶望に叩き落とすことができるというのか。

まるで幼児が親に向けるような、そんな純粋な笑顔だ。さっきまで気軽に売ろうかな、なんて考えていた自分を良心が激しく糾弾《きゅうだん》する。

この笑顔は耐えられない。

強い罪悪感《ざいあく》。

目を合わせているだけで、なんだか自分が恥ずかしくなってくる。

そうして罪悪感《ざいあく》に苛《さいな》まれていると、迷宮都市の中心、迷宮に辿り着いた。

この街で迷宮というとこの迷宮だけで、特別名前はない。呼ぶとしたらそのままメルハーツの迷宮だろうか。

この「迷宮」というのはまさにゲームに出てくるダンジョンそのものだ。メルハーツの迷宮には一〇〇以上の階層があり、それぞれの階層を魔物がうろついている。

魔物は一階層から先へ進むたびに、強く、そして多様化していく。

魔物を倒すとその場に魔石と素材《そざい》が「ドロップ」する。魔物が死ぬとすぐさま死体は消え去り、魔石と素材《そざい》が残るのだ。ちなみに、素材《そざい》は毎回ドロップするとはかぎらない。

ずいぶん便利なものだが、なぜそのような迷宮が都合よくこの世界に存在するのか。迷宮は神が与えた試練《しれん》だとか、迷宮は実は生物で、多くの餌を呼ぶために魔物を囮《おとり》にしているなど諸説あるが、詳しくはわかっていない。

ちなみに魔石は魔道具の燃料だとか、魔法の触媒《しょくばい》だとか、色々な用途があるという話だ。

それ以外にもレアドロップやら宝箱やら、一攫千金《いっかくせんきん》を狙える機会もたくさんあると話を聞く。

まぁ知っておくべきことは、魔物を倒せばお金が手に入る。深く潜れば潜るほど、魔石と素《そ》材《ざい》の質が良くなり、たくさんのお金が手に入る。宝箱は全力で探す。

これだけで十分だった。

目の前にある迷宮、というか大きな箱形の建造物には、朝だというのにそこそこの人がいた。

あれがこの街の冒険者ギルドであり、そしてその内部に迷宮への入口がある。

中に入るとまるで市役所のように受付が並び、それぞれ新規受付、魔石買取、素材《そざい》買取等の窓口がズラリと並んでいた。

まず新規受付カウンターに向かい、冒険者登録をする。

とは言っても登録用紙に名前を書いて簡単な注意を受け、とある「腕輪《うでわ》」を借りるだけだった。

注意というのは、魔石は必ず冒険者ギルドに売ること、他の冒険者と喧嘩《けんか》しないこと、最後に死なないように気をつけて、という程度の話である。

そして、腕輪《うでわ》だ。

この腕輪《うでわ》には「アイテムボックスの魔法」「殺人を感知する魔法」そして「迷宮内部の魔力に反応し、外せなくなる魔法」がかけられている。

アイテムボックスは、その名の通り物をしまうことができる魔法で、魔石や素材《そざい》を集めながら戦闘する冒険者には必須《ひっす》の魔法である。

殺人感知の魔法は、迷宮の内部で冒険者が殺人を犯した時に反応する魔法で、これがなかった時代は迷宮内部での強盗や殺人が頻発《ひんぱつ》していたらしい。

そしてこの腕輪《うでわ》は迷宮の入口で着用することが義務付けられており、迷宮の内部では決して外すことができない。

この腕輪《うでわ》は冒険者の象徴《しょうちょう》であり、便利なアイテムボックスであり、冒険者を律する首輪でもあるのだ。

「ご主人様、楽しみですね！」

腕輪《うでわ》をはめたユエルが満面の笑みで言う。

そわそわ、わくわく、といった気持ちが伝わってくるような笑顔だ。

なんだろう、この感じ。どこかで見たことがあるような気がする。あぁ、アレだ。

遊園地の前で親の手を引きながら「はやくはやくー！」なんて言っている子供の雰囲気に似ている。

これから行くのは凶悪《きょうあく》な魔物がはびこる迷宮なんですけど。下手したら死ぬ危険性もある場所なんですけど。それを楽しみだと言えるユエルはよほど腕に自信があるのか。それとも優しい優しいご主人様が危険な場所に私を連れて行くはずがない、とでも思っているのか。

それだとしたらかなり罪悪感《ざいあく》が。そろそろ俺のメンタルが耐えきれなくなりそうだ。生活がかかってるからどちらにしろ連れて行くんだけど。

よほど腕に自信があったらしい。

地面スレスレまで身体を前傾させ、ナイフを両手に迷宮を疾走《しっそう》するユエル。

向かう先にはメルハーツの迷宮三階層の魔物、ゴブリンが二匹。

ゴブリンは人間の子供と同じぐらいの大きさをした魔物で、小柄な体躯《たいく》の割に筋力が強く、大人でも複数を相手取るのは危険な魔物だ。

ユエルは迎撃《げいげき》しようとするゴブリンの棍棒《こんぼう》を軽々とかわし、すり抜けざまに腕を撫《な》でるように斬りつける。

ゴブリンが手から棍棒《こんぼう》を取り落とす。どうやらユエルは腕の内側、腱《けん》を切ったようだ。

もう一匹のゴブリンの攻撃も走り抜けながら上半身の捻りで回避《かいひ》。

ゴブリンたちの背後に回ったユエルは、無傷な方、俺から見て右のゴブリンの首を狙う。

さすがに短いナイフで首を両断、とは行かないが、背後からの一撃で綺麗《きれい》に動脈を切り裂いた。

血を噴き出し、目から光を失って倒れこむゴブリンにはもう目もくれず、先ほど腕を切りつけたゴブリンに向き直り、正面から眼球にナイフを突き刺す。

えぐい。

ナイフが脳に達したのか、ガクリと崩れ落ちるゴブリン。

「ゴブリンも瞬殺《しゅんさつ》か……」

ユエル、一二歳。

そういえば、ユエルの年齢は見た目通り一二歳らしい。

ダークエルフなんていうから見た目は子供、でも実は数百歳でした！　なんて可能性も考えてはいたけれど、寿命《じゅみょう》の長いと言われるエルフやダークエルフでも、一五歳ぐらいまでは人間と同じように成長する、とのことだ。

そんなユエルさん一二歳。すごくつよい。子供の動きじゃない。

回避《かいひ》ひとつ、攻撃ひとつとってもキレッキレである。

一階層のファングラビット、二階層のソルトパペットなんて敵にもならないと瞬殺《しゅんさつ》して回り、そして三階層のゴブリンさえも相手にしない。しかもこれで体調が万全じゃない、というのだから底が知れない。

ゴブリンの死体が光の粒に変化し、空気中に溶けるように消えていった。

「ご主人様！　どうでしたか？」

ゴブリンの魔石とドロップの棍棒《こんぼう》を拾ったユエルが、褒《ほ》めて褒めてと言わんばかりに駆け寄ってくる。

エルフの耳がピコピコと揺れ、期待に満ちた上目遣いでこちらを見つめる。待てを命令されて、ご褒美《ほうび》が欲しくてたまらない犬みたいな雰囲気だ。これは撫《な》でるしかないだろう。

「よーしよしし、ユエルは凄いなぁ」

なでなでと銀髪の髪を撫でると、ユエルは幸せそうにはにかんだ。なんだか癒《いや》される。

やはりユエルはかなりの掘り出し物だった。

正直、一階層のファングラビット（最弱クラスの魔物）に負けない実力があればという程度の期待しかしていなかった。まだ子供だし。

ファングラビットは鋭い牙を持つ兎型《うさぎがた》の魔物で、ドロップとして兎の肉を落とす。この迷宮では最も弱く、普通の兎と同程度の大きさしかない。

喉《のど》に噛《か》みつかれでもしない限りは、致命傷《ちめいしょう》を受けることはほとんどない魔物ではあるが、動きが素早く攻撃を当てるのはなかなか難しい。

しかしユエルは飛びかかってくるファングラビットに顎《あご》の下から正確にナイフを突き入れた。

すべての戦闘でファングラビットを一撃確殺。

そして、俺たちは一階層を無傷で突破した。

二階層のソルトパペットは塩の身体をした人型の魔物で、ドロップは塩塊である。

こいつの動きは遅く、力もそこまで強くない。ただ急所らしい急所がないためタフな魔物だ。

さすがにユエルもこいつには時間がかかるだろうと思って眺《なが》めていると、ソルトパペットが腕を一振りするうちに、ユエルは両手のナイフを五回は振っていた。

ユエルは某ハンティングゲームの双剣《そうけん》ばりに、それはもうザックザクとソルトパペットを削っていき、結局一回の戦闘に二〇秒もかからなかった。

そんなこんなで二階層も無傷で突破。

そして今、三階層、ゴブリンである。ゴブリンは力が強く、ソルトパペットよりも素早い。しかも棍棒《こんぼう》やナイフなんかの武器を持っていることがある。一対一でも下手をしたら死ぬ可能性のある魔物だ。

しかし、それも無傷で撃破《げきは》、しかも二体同時に。問題があるとすれば俺が何もしていないことぐらいだ。

ユエルは怪我《けが》をしない。いや、怪我《けが》をして欲しいというわけじゃないんだけど、俺は迷宮に入ってから、一度も治癒《ちゆ》魔法を使っていない。つまり俺の存在価値がない。

そして戦闘だけじゃなく、魔物の探索《たんさく》をしているのも周囲の警戒《けいかい》をしているのもユエルである。

ダークエルフは獣人ほどではないが、そこそこ気配に敏感らしい。

俺はそんな先を歩くユエルについて行き、ユエルの鮮やかな戦闘を眺《なが》め、褒《ほ》めて褒めてと駆け寄ってくるユエルを撫《な》でるだけの存在だ。

最早《もはや》ただのヒモである。

いや、奴隷《どれい》と主人なんだから、この関係も間違ってはいないはずなんだけれど、自分の状況を客観的に見つめると凄くいけないことをしているような気分になってくる。

まぁ、一応もしもの時の回復ぐらいの役割はあるんだけど、それって回復ポーションでいいよねって話で、ユエルだけが一人で潜っても変わらない気がした。

そして収入はすべて俺の懐《ふところ》に入る。

ユエルの表情を見る限りはなんだか幸せそうだからこれでいいのかもしれないけれど、凄く肩身が狭いというか、負い目があるというか。これで奴隷《どれい》がユエルじゃなくておっさんだったりするなら平気で酷使《こくし》できるのかもしれないが、ユエルの幼い外見は俺の良心をがくがくと揺さぶる。

しかし、俺は武器を握ったことすらない。剣を振ればユエルの動きの邪魔をしそうだし、弓を引けばユエルの背中を打ちそうだ。

攻撃魔法は以前治療院《ちりょういん》で客から教えてもらったことがあったが、まったく使えなかった。だから戦う手段が思い浮かばない。そもそも、ゴブリンとかの正面なんかに立ちたくない。致命傷《ちめいしょう》でも即座に回復して死なない自信はあるが、それとこれとは話が違う。

こんなことを考えている今もユエルは元気にゴブリンをサクサクと切り刻み、魔石やドロップアイテムを回収して、自分の頭を俺が撫《な》でやすい位置にもってくる。

俺にできることは、もう心をこめて撫《な》でるぐらいだ。

そういえばどこかのゲームで、仲間になったモンスターの毛づくろいをするとやる気が上がり、ステータスが上昇するというシステムがあった気がする。

ユエルはすでにやる気に満ちているが、心の籠《こも》らない撫《な》でを続ければそのうちやる気も落ちてしまうかもしれない。

　これだ。

　ユエルの髪は一本一本が細い直毛だ。サラサラとした銀髪を、髪の流れに沿《そ》って丁寧《ていねい》に撫でると、ユエルがくすぐったそうに身を捩《よじ》る。

「ユエルは本当に偉いなぁ」

　しゃがんで視線を合わせ、頬《ほほ》、そして顎《あご》と輪郭《りんかく》のラインを優しく撫《な》でる。

　するとユエルは手に顔を擦り付けるように動かし、目を細めて嬉しそうにはにかんだ。「えへへ」と照れながらも、続く撫《な》でに合わせて逐一かわいい反応を返してくれる。

　あぁ。

　ユエルと仲良くなるのが仕事。もうこれでいい気がしてきた。癒《いや》されるし。

　それになんだか楽しくなってきた。

「よし、酒場に昼飯でも食べにいくか！」

「はい、ご主人様！」

　昼過ぎまでゴブリン狩りを続けて、ギルドで買取をしてもらうと二〇〇〇ゼニー以上になっていた。

　迷宮に潜っていた時間はだいたい四時間ぐらいだろうか。

日雇い労働者の一般的な日当が一〇〇〇ゼニーいかない程度であることを考えると、半日でこの金額を稼ぎ出したユエルはかなりのものだ。

ユエルは迷宮探索《たんさく》における戦力として優秀だというのに加えて、素直で良い子なのが何より良い。

子供らしい無邪気な笑顔を振りまき、かつ面倒なわがままを言わない。しかも俺にだいぶ懐いている。もしかしたら、目が治ってから初めて見た俺を鳥の雛《ひな》みたく、親のように思っているのかもしれない。

それに迷宮で戦闘が終わるごとに頭を撫《な》でていたからか、俺に対する緊張のようなものもだいぶ解《ほぐ》れてきたような気がする。

まぁ、ユエルがどう思っているかはともかく。

「美味《おい》しいですね、ご主人様！」

目の前で幸せそうに食事を頬張《ほおば》るユエルを見ていると、なんだか癒《いや》される。

ほとんどユエルの稼いだ金で飯を食べているようなものなのに、含むところのない晴れやかな笑顔を俺に向けてくれる。

これがエリスなら、「人のお金で食べる昼食はおいしいかしら？」とか言いそうだ。

「あ、シキだ。また会ったねー」

ふと声をかけられ振り向くと、赤毛にボーイッシュな雰囲気の女の子、ルルカがいた。今回も一人である。パーティーメンバーとやらはどうしたのだろうか。

実はぼっちなんだろうか。

もしかしたら寂しい子なのかもしれない。それならばぜひともベッドの上で慰《なぐさ》めて差し上げたい。

「あぁ、また会ったな」

「ここにいたら来るかなと思ってずっと待ってたんだよー。シキとお話ししたかったから」

「お話ししたかったから」のあたりで顔を背け、横目でこちらを窺《うかが》うように見るルルカ。

実にあざとい。こいつの発言や態度を真に受けてはいけない。

ルルカは自分の容姿の価値と、男にウケる仕草というものをよーくわかっている。真に受けて、「こいつもしかして俺に気があるんじゃねーの？」とか考えた日には猫撫《ねこな》で声ですり寄り、いつの間にか高い飯と酒を奢《おご》らされているだろう。そんなタイプだ。

「あの、ご主人様、この方は？」

そういえばユエルとは初対面だったな。紹介するべきか、でもユエルみたいな奴隷《どれい》を買ったなんて言ったらロリコンとか言われそうだ。正直、紹介したくないのだが、

「ん、ご主人様、ってことは奴隷《どれい》なんだ、その子。うっわぁかわいい子だねー。でもシキ、幼女趣味はさすがの私でもドン引きだよー？」

おやおや、紹介するまでもなくロリコン扱いでした。

でもどう見てもユエルは戦闘用の奴隷《どれい》に見えないし、仕方ないのかもしれない。納得したくないけれど。

「そういうのじゃねーよ。ユエル、この赤毛はルルカだ。俺が治療《ちりょう》師だった頃の客で、冒険者の先輩だ。で、この子はユエル、昨日買った奴隷《どれい》でパーティーメンバーにしようと思ってる」

「あ、あの、ユエルです。よろしくお願いします」

おどおどと挨拶《あいさつ》するユエル。俺にはすぐ懐いたのに、実は人見知りなのか。あーでも買った時はこんな感じだった気がする。やっぱり人見知りなんだろうな。

「ルルカだよー、よろしくね。えっと、またずいぶんとかわいらしいけど、ユエルちゃんを迷宮に連れて行くつもりなの？」

「今日軽く迷宮に潜ってきたが、ゴブリンぐらいなら瞬殺《しゅんさつ》だったな」

さすがに三階層以降は行かなかったけど。ユエルも万全ではないし、三階層以降の魔物の情報も調べてなかった。

「へぇ、その歳でスキル持ちってこと？　かわいいのに凄いんだねぇ」

そうです、ウチのユエルちゃんはかわいいのに凄いんです。

なんだか今なら子供を自慢しまくる親馬鹿《おやばか》の気持ちが、少しわかる気がする。

「あぁ、短剣のスキル持ちらしい」

「じゃあ前衛《ぜんえい》アタッカーなんだ。いいなぁ、うちのパーティー、前衛《ぜんえい》が私だけで薄いんだよ。ユエルちゃん、もしこのご主人様が嫌いになったら私が身請《みう》けしてあげるから、いつでもおいでー?」

「人のパーティーメンバー引き抜こうとしてんじゃねーよ!」

俺の参加は断るくせに、パーティーメンバーを引き抜こうとするとか。まぁさすがに冗談なんだろうけど。いやでも、ユエルが本気で身請《みう》けして欲しい、とか言ったらどうなるんだろう。ちょっと考えたくないな。

「わ、私がご主人様を嫌いになるなんて絶対にありえません!」

そんなことを考えていると、ユエルがはっきりと宣言した。

そうか、絶対にありえないか。

嬉しいことを言ってくれるけど、こんな人を信用しやすい性格でこの世の中生きていけるんだろうか。

あ、すでに奴隷《どれい》になってるか、納得です。

「ねぇシキ、本当に昨日買ったばかりなの? いったい何をしたら一日でこんなに慕われるの? まさか本当に!」

「ち、治療《ちりょう》したんだよ! 奴隷《どれい》市場で見かけた時は顔に傷があったからな」

「はい、見えなかった目も、潰れた鼻も、千切れた耳も、全部ご主人様が治療《ちりょう》してくれました。それに、とても優しくしてくれました。ご主人様は私の大切な人です！」

「あー、なるほど、そういうことね。うーん、でもそんなひどい傷があったようには見えないね、跡も残ってないし」

「まぁ、それは俺の実力だな」

治癒《ちゆ》魔法で傷を一切残さないほど精密《せいみつ》な治療《ちりょう》をするには、かなりの技術と魔力が要ると言われている。

俺の場合は意識しなくても傷は残らないし、魔力も最大値が高すぎて特別多く使っているような気はしないので、あまり実感はないけれど。

「そんな実力のあるシキさんにお願いがあるんですよー」

「嫌だ」

大方予想がつく。どうせ無料でヒールして、とかだろう。別にヒールしたところで俺にデメリットがあるわけではないが、そう簡単に利用されてやるわけにはいかない。

働くからには、対価が欲しい。

「えぇー、私とシキの仲でしょー？　シキがエリスさんのところクビになっちゃったから、あれぐらい安く傷跡もしっかり消してくれる治療《ちりょう》師なんて、もういないんだよー。ちゃんと二〇〇ゼニー払うし、ヒールだけでいいから、ね？」

そういえばエリスも治癒《ちゆ》魔法で傷跡まで消すのは難しいと言っていた気がする。緻密《ちみつ》な作業で時間がかかり、相応の魔力と集中力を使うから普段からはできないとか。

しかし、てっきりまけろとか無料にしろとか言うかと思ったら妥当《だとう》な値段だ。まぁ相場と比べれば安くはあるんだけど、エリスの所と同じ金額だ。

それにしても珍しい。

いつもなら金属製の胸当てを外して豊かな胸をたぷたぷしてみたり、その状態で背中から抱きついてみたりと、凶悪《きょうあく》な交渉手段で値引きを強行するのに。

「治療《ちりょう》か、ちゃんと金を払うなら良いよ。あれ、でも怪我《けが》なんてしてなくないか？」

「良いって言ったね？　ちゃんとヒールしてよ？」

ルルカがバンクカードを取り出し金を支払う。先払いなんて珍しい、と思うと同時になんだか嫌な予感がしてくる。

足早に立ち去っていった奴隷《どれい》商人と同じような雰囲気だ。気が変わる前にさっさと進めたい、という意思を感じる。

「ほら、おいでー」

ルルカが見る方向には二人の女の子がいた。

一人は金髪をツインテールにしてドリらせている、気の強そうな魔法使い風の少女。もう一人は青い髪を肩まで伸ばした、穏やかな雰囲気の弓を背負った少女だ。

金髪は一六歳、青髪は一八歳ぐらいだろうか。

二人は座っていたテーブルから立ち上がると、こちらに歩いてきた。金髪ツインテドリルは睨《にら》みつけるような目でこちらを見ている。一方、青髪ボブはそんな金髪の様子を見て、ため息をついてた。

「こっちの金髪の子がフランで、青髪の子がセラ。私のパーティーメンバーだよ」

「ふん……」

「セラです。いつもルルカがお世話になっているようで」

フランと呼ばれたツインテ女は不機嫌《ふきげん》そうに鼻を鳴らし、セラと呼ばれた女は丁寧《ていねい》に挨拶《あいさつ》をしてきた。

「あぁ、俺はシキ、こっちがパーティーメンバーのユエル。よろしくな」

「よ、よろしくお願いします」

それに返すように、俺とユエルが挨拶《あいさつ》をする。

そういえばルルカが潔癖《けっぺき》気味なパーティーメンバーがいる、と言っていた気がする。間違いなくこのフランとかいう金髪ドリルだろう。今も不機嫌《ふきげん》そうな顔でそっぽを向いている。男とは会話する気もないらしい。

「でねー、シキにはフランの肩を治療《ちりょう》して欲しいんだ。アサルトバットに噛まれちゃってさー。一応の止血はしてあるんだけど、やっぱり女の子の肌に傷を残すなんて嫌じゃない？」

じゃあなんで冒険者なんてしてんだよ、と思わないでもないが、この世界はスキルさえあればたとえ女でも魔物と戦える。

迷宮探索《たんさく》は危険もあるが実入りも大きい。男女による職業意識の差は元の世界より小さいのかもしれない。

しかし、フランとかいうこの少女。魔導師《まどうし》風のローブを着ているから怪我《けが》自体は見えないが、ローブが少し破れ、その中にはわずかに包帯の白色が見える。そしてやはり視線を合わせようとしない。

これが「こんなイケメン治療《ちりょう》師さんに治癒《ちゆ》魔法をかけてもらうなんて頭がフットーしちゃうよぉ！」という照れ隠しでそっぽを向いているのなら、俺も喜び勇んで治癒《ちゆ》魔法をかけた後、押し倒すんだけれど、どう見てもフランの表情はそうではない。

不機嫌《ふきげん》と嫌悪《けんお》と侮蔑《ぶべつ》を足してミキサーにかけたような顔だ。デレのない強気女に価値はない。こいつはただの失礼な女でしかない。正直、治療《ちりょう》したくない。

「ねえねえ、なんで頭の横にドリルつけてるのー？」とか言ってやりたい。ドリルじゃ通じないか。巻貝とかがいいかな。

とにかく毎朝早起きして頑張ってセットしているだろう、あの特徴的な髪型を全力で馬鹿にしてやりたい気分だった。

「シキ、お願いね。もうお金も払ったでしょ？」

ああ、先払いはこれが理由か。ルルカは俺の性格を良くわかっている。

もし先払いじゃなかったら「ほっぺにチューしてくれたら治す」とか言い放っていたかもしれない。激怒《げきど》して酒場を出て行くフランの様子が目に浮かぶようだ。

「患部が良く見えないなー、そのローブ脱いでくれる？」という手段でセクハラするのはアリだが、その場合でもやっぱりフランは激怒《げきど》して出て行くだろう。

金をもらってしまった以上、治さないというわけにもいかない。彼女を怒らせるようなセクハラはやりにくい。やってもいいんだがその場合、今度はルルカが怒るだろう。

本当に良く考えている女だ。

「はぁ、ヒール」

最低限の仕返しとして、舐《な》めるようにフランの身体を視姦《しかん》しながらヒールをかける。

しかし胸のあたりを見ると、起伏がまったくと言っていいほどない。性格が残念なら胸も残念だ。

セラはパッと見てわかるほど大きいものを持っているし、ルルカも胸当てで隠してはいるが巨乳だ。

今度会った時には、パーティーの中でお前だけ貧乳だよなとでも言ってやろう。

ヒールが発動し、暖かな光がフランの肩に集まる。確認はできないが、まぁ多分治っただろう。フランは肩の調子を確かめつつも、不機嫌《ふきげん》そうな表情を崩さない。

「お礼ぐらい言ってもいいんじゃねーの？」

「私は頼んでないもの」

おう。かなりイラッとしたがこの程度でキレるほど俺は短気じゃない。今の俺にはユエルという癒《いや》しがあるのだ。

ユエルに見苦しい姿を見せたくはない。怒っているところを見られて怯えられるのも嫌だ。

これが子持ちの親の性格は穏やかになるというアレだろうか。

「あ、あはは。ごめんね、シキ。フランも悪い子じゃないんだよー」

刺々《とげとげ》しい態度を崩さないフランに、すかさずルルカがフォローを入れる。しかし男嫌いにもほどがあるな。会話するのは嫌、お礼も言えないとなると、普通に生活するのはかなり難しいだろう。

あぁ、だから冒険者になったのか。

治療《ちりょう》を終えるとルルカたち三人は酒場を出て行った。

ルルカは「またよろしくねー」と言っていたけれど、フランの治療《ちりょう》は正直もうやりたくない。

次があっても断固拒否で決まりだな。どうしてもというなら胸でも揉《も》ませてもらおう。

あ、でも貧乳だったか。やっぱり残念だ。

フランの治療《ちりょう》をした翌日。

目が覚めると、目の前にユエルの顔があった。

シングルサイズのベッドの上で、昨日と同じように抱き枕になりながら穏やかな寝息を立てている。それにしても人が一人入っているだけで、ずいぶんと温かい。

季節は春だが、まだまだ肌寒い日が続く。

一応この世界には四季《しき》がある、というか暦《こよみ》は地球とほぼ同じだ。違いと言えばせいぜい曜日の名前が違ったり、月の言い方が違ったり、という程度だ。

今は春の一月。春の最初の月という意味で、日本で言えば三月である。

朝はそこそこ冷える。

こうしてくっついているとよくわかるが、やっぱりユエルは細い。

このぐらいの女の子っていうのは、もうちょっとぷにっとしているものだと思うのだけれど、肩やら背中やら、骨の感触がやたらと目立つ。

今日はもっと迷宮の深い層まで行こうかと考えていたが、ユエルにはまだ無理をさせない方がいいかもしれない。

筋力や瞬発力も万全じゃないだろうし、それが原因でミスをされても困る。

怪我《けが》をするだけなら治療《ちりょう》すればいい話だが、魔物を恐れるようになったり、自信を失ったりと、メンタル的な面で問題が出ると対処が難しい。

少なくとも明日の宿代はある。

ゴブリンが楽勝なのはわかっているのだから、ゴブリンあたりを一日乱獲《らんかく》するのもいいかもしれない。

ユエルの身体の様子を確かめながらそんなことを考えていると、ユエルが起きた。顔をほんのり赤くして、少し驚いたような表情で俺の目をじっと見つめている。

そしてくっと顎《あご》を上げると、ゆっくりと目を閉じた。

違う。勘違いなんです。

身体の肉付きや健康状態を確かめていただけであって、劣情《れつじょう》を持て余して身体を弄《いじ》っていたわけではないんです。

しかしどうしよう。今のユエルはいわゆるキス待ちというやつだろう。

キスぐらいなら有りだろうか、奴隷《どれい》だし。

いやアウトか。

さすがにロリコンの誹《そし》りを免れない気がする。それにここで応じてしまえば、ユエルの勘違いを正すことができない。

もしキスからエスカレートでもしたら本格的にやばい。

そう考えているうちに、状況は刻々と変化する。

具体的にはユエルが先ほどの状態のまま、ぷるぷると震えだし顔を真っ赤に染めていた。

俺が一向に応じないから、自分の勘違いだということに気づいたのかもしれない。

これは恥ずかしい、まさに赤面ものだ。

しかしこのままで良いのだろうか。

これが昨日のフランとかいう女ならば、指をさしてゲラゲラと大爆笑するところなんだが、相手は純真純粋でかわいらしく愛らしいユエルさんである。

対処を間違えばこのことを引きずり、あの子供らしい笑顔に影が落ちてしまう可能性も否定できない。

どうするべきか。

ミッション「ユエルを傷つけずこの場を乗り切れ」発令である。

まずてっとり早いのは、このままキスをするという手段だ。

しかしこれは今後の関係性に問題を作る可能性がある。エスカレートの危険性だ。自分を慕う幼い少女奴隷《どれい》との退廃《たいはい》的な関係。少しゾクリとくるものを感じるが、俺はもう数年はピュアな関係を続けたい。俺はロリコンではないのだ。それに幼い少女奴隷《どれい》を手篭《てご》めにするなんて、あまりにも外聞《がいぶん》が悪すぎる。

比較的性に寛容《かんよう》そうなルルカですら、間違いなくドン引きするだろう。それに慕ってくれてるのは事実だけれど、純粋なユエルをそういう目で見ようとすると、なんだか少女を騙して食い物にしているような気分になってくる。決してそんなことはないはずなんだが、とにかく別の方法を選びたい。

他には……。

あぁ駄目《だめ》だ、考えている時間がない。

ユエルはもう耳の先まで紅潮《こうちょう》し、眦《まなじり》には薄っすらと涙が浮かび始めていた。

「っ……」

やばい、ユエルの羞恥心《しゅうちしん》がやばい。

もう限界だ、すぐにケアしなければ。

撫《な》でよう、とりあえず撫でよう。すぐさまユエルの背中を抱き後頭部を撫でる。

子供をあやすようにリズミカルに、サラサラとした銀髪を軽いタッチで梳《す》いていく。

撫《な》でつつも思考を回転させる。

どうすればいい、どうすればいいんだ。

今まで他人の失敗は煽《あお》ってばかりだったせいか、女の子を慰めるという経験が足りない。

こんな状況でも「ぐへへ、ベッドの上で慰めてやるよ、お嬢ちゃん」なんて下衆《げす》な言葉しか頭に浮かばない。

駄目《だめ》だ、こういうのは根本的に向いてない。そして結局、

「あー、えっと、そういうのはもうちょっと大きくなったらな？　今はたくさん食べてたくさん寝て、ほどほどに働くだけでいいんだ」

俺が選んだ答えは対子供用汎用《はんよう》兵器、「大きくなったらね」だった。

前にも使った気がするが、俺の慰めスキルなんてこんなものしかない。というか、そもそも慰めにすらなっていない。

それにどうせなら子供はたくさん食べてたくさん寝るだけで良い。と言ってあげたかったが、それだと俺が生活できない。金がないというのは、優しさに制限をかけるものだ。

「あの、やっぱり私には魅力がないのでしょうか」

落ち込んだ表情をしたユエルを見て、「そんなことないよ」と言ってしまいたい気持ちを必死に抑える。

行動を伴わない言葉は薄っぺらい。だが、行動を伴うわけにもいかない。

「まだまだ子供だからな。でも何年かしたらきっと魅力的な女の子になるよ。保証する」

「魅力的な女の子に……。はい、私頑張りますね！」

パッと表情を輝かせるユエル。

ちょろい、ちょろいよユエルさん。

なんかちょっと前向きな感じで褒めておけば良いみたいな。

だがこれでミッションコンプリートだ。無事にヒモの職務を完遂《かんすい》しきった。


宿を出て、朝食をとりに酒場へ向かう。

一昨日《おととい》泊まった高級宿なら宿の中で食事がとれるが、昨日は素泊まり五〇〇ゼニーの安宿に泊まった。

風呂付きのところに泊まれなくもないが、ユエルに服とかも買ってあげないといけないし。無駄遣いはできない。

いつも通う大衆酒場は味良し、量良し、値段良しで元気なミニスカウェイトレスもいる。それに加えてメニューと人員を変えて二四時間営業という、日本の居酒屋も真っ青な経営だ。

以前はくるくると軽快に注文をとってまわるミニスカート目当てで来ていたが、今の目的はユエルにしっかりとおいしいものを食べさせることだった。

適当に四人分ぐらいの料理を注文し、届けられる端からユエルと一緒にもりもり食べていく。

ついでにお弁当用にサンドイッチも注文し、アイテムボックスにしまっておく。これも四人前。エンゲル係数がやばい。

酒場から移動し、冒険者ギルドにある迷宮への入口、綺麗《きれい》に整備された石造りの階段を足早に降りる。

降りた先、迷宮の一階層ではゴツゴツとした固い石の壁がぼんやりと発光し、行く先を照らしていた。

迷宮はまさにローグライクゲームのダンジョンのようだ。

迷宮には、人一人が剣を振り回せる程度の広さの通路があり、その先には大きな部屋がある。

その部屋の先にも数本の通路があり、その通路の先はまた部屋があったり行き止まりだったりする。

小部屋と通路を組み合わせた迷路のような造りだ。

迷いそうではあるが、実際には迷わない。

階層と階層を繋ぐ最短ルートには一定間隔で杭《くい》が打ち込まれ、道標《みちしるべ》となっているからだ。

冒険者ギルドが定期的に行っている事業ということで、今は五六層まで杭《くい》が打たれているらしい。

迷宮内部で迷子になるなんてことは、この道標《みちしるべ》を辿《たど》る限りまずないだろう。

普通に探索《たんさく》すれば何時間もかかる階層でも、この正規ルートを進むことで短い時間で次の階層に進むことができる。

ただし、この正規ルートの周辺には魔物が少ない。

多くの冒険者が頻繁《ひんぱん》に行き来するルートだからだ。

だから魔物をたくさん狩るには正規の道から脇道に入って探索《たんさく》をする必要がある。

人があまり踏み入らない脇道の奥にこそ、宝箱がある可能性は高い。

今日の方針は三階層でゴブリンを狩りながら宝箱探し、これで決まりだ。

昨日と同じくザックザクとゴブリンを刻むユエルを眺《なが》めながら、昼食のサンドイッチを摘《つま》む。

今度は四体同時だった、でもやっぱり無傷。

二匹目のゴブリンを切り倒したところで、相手を変え俺の方に向かうゴブリンもいたが、そいつもナイフの投擲《とうてき》で倒した。

そしてその後残ったゴブリンの眼球に深くナイフを差し込んでとどめ、やっぱりえぐい。

しかし魔物が俺にも向かってくるとなると、一度に戦えるのは四体程度が限界かもしれない。

ユエル自身はゴブリンぐらいなら大量に来ても大丈夫かもしれないが、後ろにいる俺はタコ殴りにされそうだ。

俺は武器を何も持っていない。手に持ってるのは昼食のピリ辛サンドイッチぐらいだ。

ユエルと一緒に戦う、というのは邪魔をしそうだからやらないけれど、自衛《じえい》の手段ぐらいは持っておくべきか。

タコ殴りされても有り余る魔力を使って、殴られるたびに回復魔法を発動していればそうそう死なないかもしれないが、確かめたくはないし、そんな状況に陥るのはそもそも嫌だ。

一番簡単なのはユエル一人を迷宮に潜らせることだが、もしそれでユエルが帰ってこなかったらと考えるとどうしてもできない。

迷宮に潜らせた後、心配と罪悪《ざいあく》感でイライラしながら宿で待っている自分が簡単に想像できる。一緒にいるうちにかなり愛情がわいてしまった。というか、あれだけの好意と笑顔を向けられれば、愛情がわかない方がおかしい。

というわけで、今後もユエルと迷宮探索《たんさく》をするためには自衛《じえい》の手段が必要だ。

ドロップの回収を終えて戻ってきたユエルの頭を軽く撫《な》でてやり、昼食のサンドイッチを食べさせる。

ユエルは手が少し汚れているため、いわゆる「あーん」の状態だ。

もぐもぐとサンドイッチをかじるユエルを見ていると、先ほどまでのゴブリン蹂躙劇《じゅうりんげき》が幻《まぼろし》だったかのように穏やかな気持ちになれる。

サンドイッチはレタスのような葉野菜と分厚いハムを挟み、各種香辛料と白くて甘辛いドレッシングをふんだんにかけたものだ。右手に掴んだサンドイッチがどんどんとユエルの口に消えていき、二本の指でつまめるサイズまで小さくなる。

最後の一欠片《かけら》をユエルの口に入れ、手を引こうとすると、その手をユエルに掴まれた。

ぬるり、と指に暖かいものが這《は》う感触。

舐《な》めたのだ。

ユエルが、俺の指を。

ユエルは俺の手に垂れた白いドレッシングを、指先からゆっくりと舐《な》める。

中指、人差し指、そして親指。手を引こうとしても、ユエルはガッチリと俺の手首を掴んで離さない。

そして親指には特にドレッシングが多く垂れている。

ユエルはその指を――パクリと咥《くわ》えた。

舌から、口内の粘膜《ねんまく》から、熱いぐらいの熱が伝わってくる。俺の親指を、ユエルがねぶるように、味わうかのように吸う。浅い吐息を洩《も》らしながら、舌で、親指全体を舐《な》めとっていく。

「このドレッシング、ピリッとしますね」

こっちは危うく下半身にビリッとくるところだった。

いや、ユエルにしてみればご主人様の指が汚れていたから奴隷《どれい》として掃除しただけなのかもしれない。

きっと、きっとそうなんだ。

誤解してはいけない、というか誤解したくない。

それにしてもさすがにこれは……。どうしてこうもユエルは俺を背徳《はいとく》の徒にしようとしてしまうのか。

理性が危ない。

その後、なんとか理性を保ちつつ、ギルドの買取カウンターへ行く。

本日の稼ぎは三一〇〇ゼニー。

今日はだいたい三時過ぎぐらいまで狩りを続けていた。しかし宝箱の発見はなし。ギルドの買取カウンターで聞いた話では、宝箱は浅い階層よりも深い階層の方が出やすいらしい。深い階層の方が冒険者の数が少なく、見つけられにくいからだそうだ。

宝箱が発見されても一応再配置されるらしいが、それにはけっこうな時間がかかるとのこと。

もっと深い階層も行きたいけれど、俺が狙われてタコ殴りされるのは嫌だ。

せめて自衛《じえい》用の装備を買える金が溜まるまでは、ゴブリン狩りを続けよう。

第３話　武器を決める

もう一日、三階層でゴブリン狩りを続け、早くも俺の武器を買うための予算、五〇〇〇ゼニーを確保できた。

今回買ったのは、冒険者間でもっぱら初心者向けと言われている武器、片手用メイスだ。

メイスの利点は意外に多い。メイスはある程度の筋力さえあれば、技術がなくても扱える。刃の向きを考え真っ直ぐに振るわないといけない剣と違い、ただ力任せに振り下ろすだけでも十分なダメージを期待できるためだ。つまり、使用者の技術のなさをある程度カバーしてくれると言える。

また、武器の劣化も少ない。

例えばユエルが使っているような切れ味を重視したナイフは、魔物の骨や爪等の硬いものに当て続ければ、すぐに刃こぼれしてしまう。

相手の攻撃を受け止めたりすると、下手をすれば折れる可能性だってある。

メイスというのは正直に言ってただの鉄の棒だ。だからこそメイスは刃物と違い頑丈《がんじょう》で、魔物の攻撃を受け止められる。もちろんグリップ部分には握りの革が巻いてあるし、先端部分が重心になるような形状はしているが。

相手の攻撃を回避《かいひ》できないような技術のない人間には使い勝手が良い。

まあ僧侶職って言ったら鈍器《どんき》じゃね？　という安易《あんい》な考えがきっかけだったんだけれど、話を聞いてみたら案外鈍器《どんき》というのは扱いやすい武器だった。

というわけで、メイスである。

今回買ったのは武器屋のおっちゃんに勧められた、スタンダードな片手用メイスだ。

長さはだいたい金属バットと同じぐらいで、重さは俺でも片手でなんとか振れるかな、という程度。

なんとも武骨な一品だ。


メイスという自衛《じえい》の手段を手に入れ、探索《たんさく》は順調に進んだ。

辿り着いたのは迷宮四階層への階段。

この先に行くと、四階層の魔物、グリーンイビーがいる。

グリーンイビーは人を模した植物の魔物で、両腕の位置にあるツタによる攻撃が特徴的だ。

ツタを振り回して殴打《おうだ》したり、ツタで相手を拘束《こうそく》したりするらしい。

拘束《こうそく》。

女性冒険者が縛り上げられて宙吊《ちゅうづ》りに、そこにもう一本の触肢《しょくし》……ツタが伸びてあーんいやーんな展開もあるのだろうか。

もし女性冒険者がたくさんのグリーンイビーに囲まれちゃったりなんかしたら、もう身体中ツタだらけのがんじがらめにされちゃうのだろうか。

妄想《もうそう》が捗《はかど》る。

ぜひルルカたちのパーティーが戦闘しているところを見てみたい。

道標《みちしるべ》に沿って進むと、いた。大部屋に一匹、グリーンイビーだ。

まずグリーンイビーを目視しユエルが駆け出した。俺は今日もサンドイッチと水筒を手に持ちながらそれを眺《なが》める。一応メイスを背負ってはいるが、普段から戦うつもりはまったくない。

間違いなくユエルの邪魔になるからだ。

ツタを鞭《むち》のように振るうグリーンイビーの間合いに、ユエルが入りこむ。

大きく勢いをつけた緑のツタが、ユエルに狙いを定めて弧を描く。そしてその軌道上《きどうじょう》には同じく弧を描くユエルのナイフ。切り飛ばされるツタ。

流れるように二本目のツタも明後日《あさって》の方向へ飛んでいく。

早くも攻撃手段を失ったグリーンイビー。立ち尽くすそれの首にユエルがナイフを差し込む。

グリーンイビーはユエルの走りを止めることすらできずに、光の粒子となって霧散《むさん》した。

戦闘時間、ほんの数秒である。

本来は鞭《むち》ようなツタ攻撃が脅威《きょうい》の難敵であるはずなのに。

俺だったらツタをメイスで受け止めたところで、そのましなったツタに後頭部を殴打《おうだ》されてKOされそうだ。

まぁ魔物とはいっても植物だから攻撃力はそこまで高くはないかもしれないが、ユエルのように即撃破《そくげきは》とはいかないだろう。

そう、ユエルのレベルが高すぎるのだ。そもそもユエル一人で時間を掛けずに殲滅《せんめつ》できるわけで。無理に俺が参加する必要はない。あくまでメイスは敵の数が多い時のための自衛《じえい》用である。

四階層の道のりもだいぶ進んだ。

そろそろ五階層の入口が見えても良い頃だろうか。

丁寧《ていねい》に、繊細《せんさい》に、宝物に触れるように優しくユエルの頭を撫《な》でていると、ふと道標《みちしるべ》の向こうに二人の人影が見えた。

一人がもう一人に肩を貸すようにしてこちらに歩いてくる。男の冒険者の二人組だ。二人とも二〇歳程度だろうか。

近づいてみると、背の低い方の男が、背の高い方の男を半ば背負うようにして歩いていた。

そして彼らの後ろには血のライン、怪我《けが》人だ。

「おい、大丈夫か⁉」

「あ、あんた、神官か？　よかった。こいつがジャイアントアントに足を、足をやられちまったんだよ！　他の冒険者にも今日に限ってなかなか会えねぇし……このままじゃ地上まで保つかどうかわからねぇ。頼む、止血だけでも良いんだ。治してやってくれねぇか」

俺は修道服を着てはいるが神官じゃない、だが神官ではないが治癒《ちゆ》魔法は使える。そんな説明も面倒だし、どうでもいいんだけど。

「左足の太腿《ふともも》から下がない……食われたのか？　これはひどいな。エクスヒール」

治療《ちりょう》の対価に謝礼《しゃれい》をぼったくってやろうかとも思ったが、出血がかなり多い。

背の高い男の顔は出血のせいか蒼白《そうはく》で、体も震えている。

今の状態でこの男を放置して、ふっかけた金額で交渉なんて始めたらかなり恨まれそうだ。

それに野郎とぐだぐだ交渉してもつまらないしな。

「なっ……」

「エクスヒール⁉」

一瞬で完治した足に驚く男たち。

エクスヒールほどになると使える人間は多くない、というかかなり少ない。

あまりひけらかすようなつもりもないが、目の前に怪我人《けがにん》がいるのに治さないほど、どうしても隠したい、というわけでもない。

「俺みたいな腕の良い治癒《ちゆ》魔法使いに会えて良かったな」

「すげぇ……」

「欠損《けっそん》をこんな一瞬で治すなんて、あんた何者……いや、違うな。ありがとう、助かったよ」

驚きの表情で足の感触を確かめる背の高い男は、相方から離れ、もう自分の足だけで立っていた。

あぁ、治してしまった。

元から大怪我《けが》した人間を放置するような度胸《どきょう》はなかったが、治したら治したで欲が湧いてくる。謝礼《しゃれい》が欲しい。金が欲しい。

でもこいつらは後払いで大金を払うような殊勝《しゅしょう》な人間だろうか、わからない。払うかもしれないし、払わないかもしれない。

いや、ジャイアントアントっていったら六階層の魔物だ。六階層の魔物に致命的な怪我《けが》をもらうような奴らだ。

今日もどうせ勇み足で実力に見合わない階層に突っ込んだとかそんなところだろう。しこたま金を溜め込んでるなんてことはない気がする。

「ご主人様、さすがです！」

だが俺の回復魔法を見て、ユエルがキラキラとした尊敬の視線を向けてきた。

うん、これは心地いい。

「治癒《ちゆ》魔法で怪我《けが》を治す」というところに思うところがあるのだろう。俺を興奮の混じった顔で見つめ、うっとりしている。うん、とても心地いいね。

そうだ、俺はユエルの尊敬できるご主人様でなければならない。なんだかそんな気がしてきた。

ユエルにもっと尊敬されたい。もっともっと尊敬の眼差しで見つめられたい。

金の代わりに俺のかっこよさアピールの踏み台になってもらおう。危険な迷宮に潜り、颯爽《さっそう》と怪我《けが》人を治療《ちりょう》して回る謎のイケメン凄腕《すごうで》治療《ちりょう》師な雰囲気でいこう。今この瞬間、俺は無欲で清廉《せいれん》なユエルのご主人様なのだ。

「金は要らない。拾った命を大切にするんだな。ユエル、行くぞ！」

華麗なターンを決め、相手の反応を待たずに立ち去る。

「っ……！　はい、ご主人様！」

そろそろ良い時間だ、帰るのも良いだろう。ユエルは治療《ちりょう》に対価を求めない俺の姿勢に感動でもしたのか、つぶらな瞳をますますキラキラさせてこっちを見ている。

ああ、気持ちいい。

俺の株はきっと直角九〇度のラインを描いて爆上げしたことだろう。今の俺はきっと超が付くほどかっこいい。

「いいのかよ！　いや、あんたスゲー腕だな、王城のお抱えでもこうはいかねーんじゃねぇか？　あんたに会えてよかったぜ、はははは！」

背中に軽い衝撃が走る。

怪我《けが》を治した男の相方が、俺の肩を何が楽しいのかバシバシと叩いてくる。

「にいちゃんいい奴だなぁ！　生臭どもに爪の垢《あか》を飲ませてやりたいぐらいだ！」

いつの間にか元気になった男も俺の隣から話しかけてくる、しかもずっとついてくる。

あれ、なんか違う。俺のイメージと違う。

俺のイメージでは、凄すぎる治癒《ちゆ》魔法に呆然《ぼうぜん》とする男たち。俺が颯爽《さっそう》と立ち去った後「あの無欲でかっこいい謎の神官はいったい何者だったんだ」みたいな感じになるはずだったのに。

二人の立ち直りがあまりにも早すぎる。いや、さすが冒険者と言うべきか、切り替えが早い。しかも二人とはここで別れるつもりだったのに、帰ったら方向一緒じゃん。

俺はアホか。

背中を向けて立ち去った方がかっこいいだろうなとか思ったけど、完全に墓穴《ぼけつ》だった。自分に酔いすぎて思考力が落ちていた。はぁ、男にベタベタされても気持ち悪いだけで意味がない。

「マジかよシキ、そのエリスってのはひってぇ奴だな！」

「そうなんだよ、ちょっと偶然《ぐうぜん》胸に触っちゃったぐらいでクビだぜ？　やってらんねーよなあ？」

「シキほど優秀な奴なんてそうそういないってのに、何を考えてんのかね」

「あぁ、まったくだぜ！」

「「ははははは‼」」

場所は変わっていつもの酒場。いや、話してみるとなかなか気の良い奴らだった。

背が高くて怪我《けが》をしていた方がエイト。背が低くて言葉遣いが雑なのがゲイザーだそうだ。

迷宮を出た後、酒場の一角で俺とユエルは食事を奢《おご》ってもらっていた。

「でもそんだけ治癒《ちゆ》魔法が使えるならどんな治療院《ちりょういん》でも引っ張りだこだろ？」

「いや、ここだけの話なんだが俺、実は神官じゃないんだよ。修行もしてないし、あんまりそのあたりに突っ込まれたくねーんだ。面倒事になったら嫌だからな。エクスヒールのこともできれば秘密にしておいてくれ」

もしかしたら神官じゃなくても何も問題ないかもしれないが、やぶ蛇《へび》の可能性はある。

問題がなかったとしても、エリスの話では普通厳しい修行を何年もして、やっと欠損《けっそん》以外の大怪我《けが》をなんとか治療《ちりょう》できるといった程度らしい。「俺はあれだけ教会で修行したのに何であいつが！」みたいな嫉妬《しっと》も怖い。

「あぁ、訳ありなんだな。あー、でもそれなら個人で治療院《ちりょういん》開けばいいんじゃないか？」

「そうだ、毎日ここに入り浸ってんだろ？　ここでテーブル一個借りればいいじゃねぇか。出張治療院《ちりょういん》みたいな感じでよ」

「あんたの腕なら俺は通うなぁ」

「冒険者仲間に広めてやってもいいぜ！」

出張治療院《ちりょういん》か、その発想はなかった。

どうせいつも半日ぐらい迷宮に潜ったら、酒場で食べるか飲むかユエルやミニスカを眺《なが》めるかしかしていないのだ。アリかもしれない。

「そうだな、それもアリかもしれないな！」

こんな大衆向けの酒場なら貴族様も来ないだろうし、客層も冒険者や肉体労働者が多い。需要はありそうだ。

試しに酒場のマスターに話をしてみたら、酒場の隅に出張治療院《ちりょういん》を開く許可があっさりともらえた。

酒場としても客寄せになるから大歓迎ということで、丸テーブル一個と立て看板、そしてカーテンのような仕切りを用意してくれた。

カーテンを用意してもらったのは治療《ちりょう》のために必要だから……ではなく交渉のために必要だからだ。いつルルカのような客が来るかわからない。

酒場公認の治療院《ちりょういん》になった今、変な絡み方をしてくるような客はいないだろうが、それでもあの交渉手段は人に見られたくない。

とにかく必要と言ったら、必要なのだ。

こうして酒場に治療《ちりょう》スペースをもらってから数日が経った。

午前中は四階層での宝箱探し、午後は酒場で飲んだくれながらユエルの笑顔やひらめくミニスカートを眺《なが》める。ついでに一時間に一人か二人、治療《ちりよう》に来る客を治す。これが日課となった。

結論から言って、酒場の出張治療院《ちりよういん》は成功だったと言えるだろう。

なんといっても、俺にデメリットがない。

いつもいる酒場で普段のように飲み食いしながら、適宜治癒《てきぎちゆ》魔法をかけるだけでいいのだ。

それだけで一回数百ゼニーの収入である。しかも酒場にキックバックをしなくて良いときた。

客は多くはないが、場所代や人件費がかかってない分、そこらの木っ端治療院《ちりよういん》よりも儲かっているかもしれない。

例えばエリスのところとか。

それにあの男たち……なんだっけ。

あぁ、エイトとゲイザー。

あいつらが冒険者仲間に、酒場に出張治療院《ちりよういん》ができたことを触れ回ってくれているらしい。

その効果が出れば、きっともっと儲かるだろう。

何より酒場という立地が良い。

エクスヒールを使わなければならないような重傷患者が来ないからだ。

迷宮探索《たんさく》で、欠損《けつそん》レベルのすぐに治療《ちりよう》が必要な重傷を負えば、基本的に冒険者ギルドの治療院《ちりようい》で治療《ちりよう》をする。

また、街で一般人が重い病気になったり重傷を負っても、酒場にあるような治療院《ちりょういん》に担ぎこもうなんて思わない。

普通は入院設備のあるような大きい治療院《ちりょういん》に連れて行くはずだ。

ということで、大きな面倒に巻き込まれることもなく、出張治療院《ちりょういん》はすこぶる順調だった。

ただ順調ではあるのだが、差し当たって一つだけ至急解決しなければならない問題があった。

それは解決しなければ、大きなトラブルを引き起こす可能性のある問題だ。

しかし、それについて声を大にして叫ぶことはできない。

万人が潜在的《せんざい》に抱えるこの問題は、今、俺が置かれているこの状況においてギリギリのところでバランスを保っているだけなのだ。

何がいけないかといえばナニがいけない。溢《あふ》れるリビドーがいけない。

ぶっちゃけると、性欲を解消する手段がないのである。

くだらないことかもしれない、とてもくだらないことかもしれない。

けれど、だからと言って解決しない理由にはならない。

朝、ふと目が覚めた時。

薄い布団の上に張られたテントを、じぃっと凝視《ぎょうし》するユエルさんの、食い入るようなあの表情。

走り抜ける危機感。

いけない、このままではいけない。絶対にこのままではいけない、そう思った。

奴隷《どれい》なのだから、まだ幼いから。確かにそうではある。

けれど、手を出すつもりのない女の子と一緒のベッドで寝ることが、そもそもの間違いだった。

だから、部屋を分けようとした。しかしユエルは悲しみをたたえた、今にも泣きだしそうな表情をして、俺を見つめた。結果、俺には部屋を分けることなどできなかった。

その後、一緒の部屋なら良いだろうと、ツインの部屋を取ろうとした。

ユエルはより一層表情を暗くして、下唇をぎゅっと噛《か》み締め、目の端に大粒の涙を浮かべた。

そして、ユエルの手は俺の服の裾《すそ》をギュッと握りしめ、微かに震える。

やっぱり、俺にはできなかった。

ということで、もう俺にできることと言えば、リビドー自体をどうにかするしかなかった。

しかし、ユエルはいつでも俺と一緒にいる。迷宮探索《たんさく》も食事の時も、ベッドでも一緒だ。

大人のお店に行こうにも、そもそも一人になれる時間がない。そして出かけるからちょっと宿で待っていて、なんて言おうものならユエルは捨てられた子犬のような表情をするのだ。

誰かに相談しようにも、こんなことを相談できる相手なんていない。

まだこの世界に来て三ヶ月ちょっと。しかもずっとエリスの治療院《ちりょういん》に住み込んでいたのだ。男友達だっていない。

あえて女の子に相談するというのもオツではあるが、そんなことをしたら余計《よけい》に問題の原因が肥大化《ひだいか》しそうである、俺の性格的に。

もうどうしようもない、八方塞《はっぽうふさ》がりだ——

……あ、いや、いた。

そういえば男友達、いたよ。

そうだ、あいつらに相談してみよう。


というわけで、酒場である。

男子トイレにエイトとゲイザーを連れ込んだ。

「うははは！　いや、シキ。それはユエルちゃんだって美味《おい》しくいただかれたいってことじゃねぇのか？　確かにまだまだ小さいし胸もない、けどあれだけかわいければ反応ぐらいはするだろう？」

というのはゲイザーの言。

「いやゲイザー、なんでシキが俺たちに相談しにきたのか考えてやれよ。ユエルちゃんに手を出さず、かつバレずに解消したいってことだろ？」

こっちはエイト。

なんだか、こいつらの性格がわかってきた。とにかく馬鹿なのがゲイザーで、わりと冷静なのがエイトだ。言葉遣いもエイトの方が微妙に丁寧《ていねい》な気がする、わずかにだが知性を感じる。

「エイトの言うとおりだ。俺はユエルに手を出すつもりはないし、むしろ手を出さないためにアレを解消する手段が欲しいんだ」

「面倒くせぇな、あー、もうトイレで適当にやっちまえよ」

ゲイザーが握った右手を上下に振りながら言う。

やめてくれ、その動きはやめてくれ。ゲイザーなんて名前でそんなことをされると、洒落《しゃれ》にならない。

「そ、それに匂いがな。ユエルはよく密着してくるんだよ。すぐに身体を洗える環境ならいいけどそうでもないし。気づかれそうで怖い。なにか良い方法はないかな」

ユエルはよく俺の腹部あたりに顔を埋《うず》めてくる。

最近のユエルは撫《な》でていると最早《もはや》抱きついているとしか思えないほど密着してくる。

しかも多分匂《にお》いを嗅いでる。犬かと、かわいいっちゃかわいいんだけど。

しかし、それ目的でトイレに行った直後にこれをやられたら目も当てられない。

「あるぞ。良い方法が」

エイトだ。正直詰んだかと思ったが、方法があるらしい、さすがエイト。

何だか今ならもう表情から仕草から、知性や気品に満ち溢《あふ》れている気がする。頼り甲斐《がい》のある男だ。そういえば叡智《えいち》とエイトってなんか似てる気がするし。

「本当か!?　頼む、教えてくれ！」

「迷宮七階層に出るスライムのドロップ、スライムゼリーを使うんだ」

スライムゼリー。

それなら俺も知っている。食材屋で粉末状になったものをよく見かける。

用法はいわゆる片栗粉と同じだ。違いは肉と一緒に使うと臭みが消えるので、下拵《したごしら》えの手間が減ることぐらいだったか。

「スライムゼリー？　ってぇとアレだろ？　料理にとろみをつけたりするのに使う」

「あぁ、ゲイザーは娼館《しょうかん》派《は》だから知らないか。スライムゼリーはな、ドロップした時は二〇センチぐらいの柔らかくて透明な塊《かたまり》だろ？　アレを加工して使うんだよ」

だいたい全貌《ぜんぼう》が見えてきた。つまりあれだろう。

あの赤と白のしましまで有名なアレと同じようなものを作ろうというのだろう。

スライムゼリーXというわけだ。

「でも、それだと匂いの問題がクリアできないだろ？」

確かに道具があろうとなかろうと、そこが解決できなければ意味はないのである。

「いや、問題ない。お前もスライムゼリーを料理に使ったことがあればわかるだろう？　あれは料理に使うと肉の臭みを消してくれる。だがな、お前は火を通していないスライムゼリーを食べたことがあるか？」

そういえばない気がする。餡《あん》掛《か》けに使うにしろ、スープにしろ、たいてい火にかけている。

肉の下処理をするにしても、その後必ず火を通している。

「生のスライムゼリーはな、長い時間馴染《なじ》ませることで肉の臭みだけじゃなく、動物由来のものならなんでも臭いを薄めてくれるんだ。熱にはかなり弱いから、加熱したらすぐにその性質は消えるけどな。食材の風味に拘《こだわ》る高級料亭なんかじゃ、スライムゼリーは絶対に使わないって話だぜ」

なんと、それならいけるかもしれない。それにしても詳しいな。多分自分でもよく使ってるんだろう。ゲイザーのことを娼館派《しょうかんは》とか言ってたし。じゃあお前は何派なんだよと。

「しかも、だ。スライムゼリーの塊は水を垂らすと良い感じにぬるぬるになる。あれが絶妙な感触なんだ。そして大量の水を加えればすぐに溶けてなくなる。賢明《けんめい》なお前なら、わかるだろ？」

この都市のトイレは水洗式だ、つまりそういうことだ。

「あぁ！　ありがとうエイト、お前は俺の心の友だよ‼」

「お前は俺の命の恩人だぜ？　これぐらい朝飯前さ」

目頭に熱いものを感じる。エイト、俺たちは親友だ。これこそが友情だ。異世界に来て初めての友人がお前で本当によかった。ゲイザー？　あの馬鹿は知らない。

「だがな、一つだけ問題があるんだ」

問題？　話を聞いている限り、問題なんてなさそうだったが。

「塊のスライムゼリーは一般流通していない。冒険者ギルドから直接業者に卸されて、そこで粉末状に一括《いっかつ》加工されるんだ。つまり、入手する手段は迷宮に潜って自力で取ってくるしかない」

な、なんだって。そんなことが……いや待て、冷静になれ。

「普通に冒険者ギルドで買うなりすればいいんじゃないのか？」

「お前は冒険者ギルドのあの美人受付嬢たちの前でそれを言えるのか？　スライムゼリーを塊で買うなんて、僕はこれからスライムゼリーでいかがわしいことをします、と宣言するようなものだぞ？」

やれやれ、とエイトが呆れ顔で言う。

想像してみる。

いつもギルド買取カウンターにいる、茶髪を背中のあたりで切り揃え、頭にふさふさとした犬耳を乗せた彼女。年齢は二〇歳ぐらいだったか。パッチリと開いたつぶらな目に、爽《さわ》やかな営業スマイル。働き始めて二～三年か、そこらだろう。新人らしい初々《ういうい》しさが消え、ちょうど自分の経験が自信に変わり始める頃だ。

そんな彼女に声をかける俺。最初はこなれた笑顔で柔和《にゅうわ》な対応をする彼女。しかし、俺の要求を聞いた瞬間、その笑顔がビキリと引きつる。隠し切れない軽蔑《けいべつ》と、高い職業意識との葛藤《かっとう》。

内心では散々に罵《ののし》りつつも、わずかに強張《こわば》った笑顔を俺に向ける。内心嫌々《いやいや》、スライムゼリーを手渡そうとする彼女。そして、スライムゼリーを受け取る瞬間、その彼女の手をギュッと握りこむ。

俺は、驚きに目を見開く彼女の顔を正面から見つめ、目線を下にゆっくりと下ろし、ニタリと口角を上げる。受付嬢の笑顔の仮面は剥《は》がれ、露《あら》わになる嫌悪《けんお》の表情。自分の身体を守るように抱き、反射的に身を引く受付嬢。

やばい、なんだかちょっと興奮してきた。

いや、ちがう、駄目《だめ》だ駄目《だめ》だ。

冷静になれ。

一時の快感に身を任せ、評判を地の底まで落として良いわけがない。良くわかった、買うのは駄目《だめ》だ。つまり俺は迷宮七階層まで潜らないといけない。

しかし俺たちはまだ迷宮四階層。

「くそっ！　せっかくここまで来たのに！　駄目《だめ》なのかよ！　諦《あきら》めるしかないのかよっ！」

なんてことだ。

迷宮七階層まで行くにはまだ日数がかかるだろう。

俺は耐え切れるのか。

七階層まで頑張れば数日だとしても、俺のリビドーは最早《もはや》限界だ。

しかし、悲しみに暮れる俺の前にエイトの手が差し出される。

「シキ、そんなに悲しむなよ。俺とお前の仲だろう？」

そして、その手には一塊のスライムゼリーが握られていた。

「く、くれるっていうのか？」

「あぁ、もちろんさ」

爽やかに笑うエイト。その笑顔はとても眩《まぶ》しくて、俺にはまるで、暖かな春の日差しのように感じられた。今なら迷宮で俺に治癒《ちゆ》魔法をかけてもらったエイトの気持ちが少し理解できる。暗い絶望の闇に差す一筋の光。世界に光が満ちる感覚。

俺は今、確かにエイトに救われたんだ。

「エイトッ、エイトォ‼」

ありがたい、俺は本当に良い友人を持った。エイトを助けることができて、本当に良かった。

窓からは赤い光が差し込み、美しい夕焼けが一日の終わりを告げる。

顔を出して深呼吸すれば、爽《さわ》やかな空気が肺一杯に満ちるようだ。

窓の外の世界を見れば、故郷とはまったく違う風景に、わずかな郷愁《きょうしゅう》を抱きそうになる。

けれど、ぷるぷると震えるスライムゼリーを握りしめながら思う。

異世界に来て、本当に良かった。

酒場を出る頃には、夕日もほとんど沈み、もう夜になろうかという時間だった。

「ご主人様、大丈夫ですか？」

ユエルが俺に、心配そうな声をかける。

少しばかり、酒を飲みすぎたようだ。

相談に乗ってもらった礼にと、エイトとゲイザーに酒を奢《おご》ってみたら、ゲイザーが酒を際限なく頼み続けた。それに釣られて一緒に飲んでいたらこのざまだ。ゲイザー、あいつはザルだ。

「あぁ、大丈夫だ」

大丈夫だと口では言えるが、体は全然大丈夫じゃなかった。

足はふらつき、わずかに頭痛もする。

「ご主人様、お水、もらってきましょうか？」

そんな俺の様子を見て、ユエルが言う。

「悪いな」

酒場の方向に駆けていくユエルを見送って、ひんやりとした路地に座り込む。

ユエルは本当に良い子だ。おかげで迷宮探索《たんさく》も順調である。

けれど、なんだかチクリと胸を刺す痛みを感じる。

夜にこんなところで一人座っているから、余計なことを考えてしまうのかもしれない。

ふと、エリスは今どうしているのかが気になった。

多分エリスのことだから、俺が来る前と同じように、治療院《ちりょういん》を一人で切り盛りしていることだろう。そのことに少し、寂しさを感じる。

そんなことを考えていたからだろうか……視界の端に、見覚えのある金髪が映ったのを、俺は見逃さなかった。

大通りを、こちらに向かって歩いてくる金髪の女性。

修道服を着込んだ彼女は、間違いない、エリスだ。

こんな時間に、こんな所でどうしたんだろうか。エリスは酒場の方向を見て、何やら逡巡《しゅんじゅん》しているような、そんな雰囲気だ。

エリスはこんな酒場で酒を飲むようなタイプじゃない。それに、いつもならこの時間は治《ち》療院《りょういん》にいるはずだ。

気になってずっとエリスを見つめていると、酒場の入口を窺《うかが》うエリスと目が合った。

「ど、どうした？　こんなところで」

立ち上がって声を掛ける。

エリスの治療院《ちりょういん》を追い出されて、少し時間も経った。そろそろ怒りは収まっているだろうか。俺は追い出されはしたけれど、エリスのことが嫌いじゃない。というか、どちらかといえば好きだと言える。追い出された件に関しては俺が全面的に悪かったが、それでずっと険悪な関係というのは嫌だ。

エリスは一瞬驚いたような表情をして、それから不機嫌《ふきげん》そうな表情で俺を見た。

「……あなたには、関係ないわ」

突き放すような声音。怒りは収まっていないようだ。ですよね。

「治療院《ちりょういん》はどうしたんだ？　いつもならまだ営業してる時間だろ？」

しかしその質問にも、エリスは顔を背けて答えない。相当嫌われてしまったようだ。

まぁ、この時間でも治療院《ちりょういん》を開けていたのは、俺を含めて二人でやっていた時の話だ。一人になれば、やはり負担は増えるのかもしれない。

「どうだって、いいじゃない」

エリスはそう言うと不機嫌《ふきげん》そうに踵《きびす》を返し、来た道を戻っていった。

第４話　撫《な》でて慰める

「この治療院《ちりょういん》で、働きたい？」

「はい、お願いします！」

あれは、俺がこの世界にやってきた、翌日のことだった。

宿に泊まろうにも金がなく、一晩を街の路地裏、それも冬の寒空の下で明かした俺は、とりあえず状況がわからないなりにも現状を受け入れて、やるべきことをやることにした。

今の自分に最も必要なのは、宿と食事だ。食事もとれず、服装も日本にいた時のシャツとジーパンのみ。こんな状況でもう一晩を外で過ごせば、どうなるかわからない。

金を稼がなければならない、そしてそのために、俺は仕事を探した。

けれど、この世界の常識も知らない、身分を証明するものも持っていない俺が仕事を探しても、当然のごとく雇ってもらえなかった。

そしてその日の夕方。また寒い中野宿か、と覚悟をした時のことだった。

偶然《ぐうぜん》俺の目に、怪我《けが》をしたらしい小鳥を拾う金髪の女性の姿が映った。

彼女が着ていたのは、修道服らしき楚々《そそ》とした服。だがその中に、はちきれんばかりの豊かな胸が詰まっているのが、遠目にもわかった。

彼女が働いているのは、教会か、修道会か、それとも孤児院《こじいん》か。

それはわからないが、なんだか雇ってくれそうな気がした。そんな予感があった。もちろん綺麗《きれい》な女性と働きたいという下心もあったが。

そしてしばらく彼女の後をつけて治療院《ちりょういん》に辿り着き、彼女にここで働かせてくれ、と頼み込んだ。

そこがどこで、何をする場所なのかもわからないまま。

「でも、ここはお客さんもあんまり多くないし、人は足りてるから……」

彼女は申し訳なさそうな顔をして、そう言った。

しかし、俺は断られるわけにはいかなかった。俺は、両手を地につけて頭を下げる。

そう、土下座《どげざ》だ。

「お、お願いします！」

「ちょ、ちょっと待って、顔を上げて……ええと、じゃあ、治癒《ちゆ》魔法は使えるの？」

「ま、魔法？　えっと、まぁ、そのー」

「あぁ、ちょうどよかったわ。とりあえず、見せてもらえる？　この小鳥、さっき拾ったんだけど、喧嘩《けんか》でもしたのか羽がね……治癒《ちゆ》魔法をかけても、すぐに元気がなくなっちゃうのよ。今日はちょっと魔力に余裕がないから、後でかけてあげようと思っていたんだけど」

「えっと、見せるって？」

治癒《ちゆ》魔法ってなんだろう、っていうか、魔法って。ゲームかよ。

そんな風に俺が戸惑《とまど》っていると、エリスは困ったような顔をして俺を見た。

「ここが治療院《ちりょういん》だって、わかってて働きたいって言ったんじゃないの？　最低でもヒールぐらいは使えないと、治療院《ちりょういん》で雇ってあげるにしても難しいんだけど……」

「ヒール？」

小鳥の下へ手をのばしながら、俺の疑問形での発声。

けれど、それで十分だったらしい。

エリスの手の上に乗った小鳥は、ぼんやりとした光に包まれて、もげた羽を再生させた。

「え、うそっ⁉　ヒールで欠損《けっそん》を……⁉」

これが、俺がこの世界で初めて治癒《ちゆ》魔法を使った瞬間であり、エリスの治療院《ちりょういん》に雇われた瞬間でもあった。

それから俺は――――


「ご主人様ぁ！」

――悲鳴のようなユエルの叫び声に、過去を遡《さかのぼ》っていた意識が現実に戻る。

そして、目の前には腰ほどの高さのある、鶏《にわとり》のような魔物が迫っていた。

「うおっ、あぶなぁっ！」

全力で横っ跳びし、魔物の体当たりをギリギリで回避《かいひ》する。

昨日、エリスを見かけたせいか、あの時のことをぼんやりと思いだしてしまっていたらしい。

ここは迷宮の五階層。目の前の魔物の名は、ビッグチック。

そう、ビッグチック。鶏を大人の腰から胸程度の高さまで大きくしたような魔物だ。

数は四匹。大きなクチバシによる突きは容易《たやす》く肉を穿《うが》ち、突進の威力も警戒《けいかい》が必要なレベルだと、冒険者ギルドで聞いた。

ビッグチックは空を飛べない鶏だからか、足が速い。

しかも、前方にいるユエルだけでなく、後ろで待機している俺の方にまで突っ込んでくる。

動きが直線的なのが救いだが、とにかく回避《かいひ》行動か防御行動を取らなければならない。そうしなければ美味《おい》しく啄《つい》ばまれてしまう。

駄目《だめ》だ、余計なことを考えている暇はない、回避《かいひ》に専念しなければ。

ちなみに俺が攻撃する気はない。餅《もち》は餅屋。戦闘はユエルだ。

俺の未熟な技量だと、攻撃しようとしている隙《すき》に反撃されそうだし。

俺はユエルが助けに来るまでの間、避けるか耐えるかすればいいのだ。

今こそメイスの出番か――とも思ったが、相手の攻撃は全体重を使った突進である。腰から胸程度までの高さしかないとは言え、受け止められるかどうかちょっとわからない。

身体は受け止められたけどクチバシで顔面啄《つい》ばまれました、なんてことになったら目も当てられない。というか目がなくなってしまう、危険だ。

受け流すとしても、突進を受け流すってどうやるんだよ、という感じである。避けた方が早い。

というわけで、俺は走っていた。

メイスも一応握り締めてはいるが、突進してくるビッグチックを右に左に避けるだけ。よくよく見れば、避けるのはたいして難しくない。けれど、俺は初めての魔物とのまともな戦闘で、ちょっとびびってしまっていた。

やたらと足の速い鶏相手にチキッていたのだ。

再び回避《かいひ》運動を取るも、ビッグチックの突進がわずかにかする。ダメージはほとんどないが、たたらを踏み、よろめいてしまった。

「ああああぁっ‼」

ユエルがそれを見て悲鳴をあげる。俺が体勢を立て直した頃には、もうユエルは他の三匹を倒していたようだ。

ユエルは俺に体当たりしたビッグチックに向き直り、怒りの形相《ぎょうそう》で走る。ビッグチックの首を切り裂き、胸にナイフを刺して抜き、頭に二本のナイフを左右から突き込んだ。

徹底的だ、明らかにオーバーキルである。それにナイフも傷みそう。

ユエルさん、ちょっと怖い。

そしてビッグチックが光の粒子となって霧散《むさん》する。

けれど、ユエルがこっちに来ない。

いつもなら「ご主人様、やりました！」という感じで駆け寄ってくるのに。

下を向いて、微動《びどう》だにしない。垂れる髪が邪魔をして表情は窺《うかが》えないが、ユエルの手はナイフを力強く握り締め、微かに震えている。

俺の方からユエルに向かって歩いていくと、ユエルの足元には小さく涙の染みができていた。

俯《うつむ》いたまま、ユエルが震えた声を絞り出すように呟《つぶや》いた。

「ごめんなさい、私、命に代えても守るって言ったのに。ご、ご主人様を、お守り、できませんでした」

そういえば初日にそんなことも言っていた気がする。守れなかったからって、本当に命を差し出されたりしても困るけど。

それに怪我《けが》もしてないし。

「いや、ユエルには十分守ってもらってる。今回だって、ほんの少しかすっただけだ」

「でもっ、でも……私はご主人様を守るって、決めたのにっ……」

どうやらあのビッグチックは、ユエルの矜持《きょうじ》を踏みにじってしまったらしい。ユエル一人だけで、突進してくる魔物四匹なんて止められるわけがないんだけれど。

将棋で言えば、飛車角四枚が王を狙っているところを駒一つで守れ、と言っているようなも

のだ。

そう考えたら、一人で三匹を引きつけたユエルは十分以上に優秀である。

それに誰が悪いかって言ったら、スライムゼリーが欲しいがために五階層突入を急ぎ、そしてあの程度の攻撃も避けきれなかった俺が悪い。

ユエルにこれ以上泣かれてしまうと、俺の罪悪感《ざいあく》が際限なく肥大していきそうだ。

あぁ、どうしよう。

ユエルは両手を顔に押し当て泣いている。

心が痛む、すごく痛む。

ユエルには笑顔でいて欲しい。

笑顔で駆け寄るユエル、それを撫《な》でる俺。

治癒《ちゆ》魔法をかける俺、それに尊敬の眼差しを送るユエル。

ずっとこんな関係を続けたい、しかし、これはユエル自身の問題だ。ユエルは俺を守ると言って、守れなかったのだ。きっとそこに問題がある。

だけど、もう過ぎたことだ。過去は変えられない。どうしようもない。

失った自信は自分の力で、自分の行動で取り戻すしかないのだ。

俺がいくら言葉を弄《ろう》しても、頭を撫《な》でてもどうこうなる問題じゃない気がする。まぁ撫でるか撫でないかって言ったら撫でるんだけど。

ユエルの心を晴らすうまい言葉なんて浮かんでこないし、俺には頭を撫《な》でることぐらいしかできない。

慰めるのは苦手だ。俺が慰められるのは、せいぜい自分の息子さんぐらいだろう。

「ユエル」

声をかけると、ビクリと身体を震わせる。

これは重症だ。俺の怪我《けが》はかすり傷、というか傷にさえなっていないのに。

撫《な》でるぐらいしかできないけれど、少しでも、ユエルの気持ちを晴らしてあげられるだろうか。ユエルの頭の上に手を置く。

けれど、いつものような、自分から頭を擦り付けてくるような動きはない。気落ちしているからだろう。私は撫《な》でられる資格なんてない、みたいなことでも考えているのかもしれない。

ありそうだ。

打てば響く、撫《な》でれば微笑《ほほえ》む、そんなコミュニケーションが楽しかったんだけれど。

頭の中心から、なだらかな頭のラインに沿って、じっくりと手を下ろしていく。

今までの経験からして、多分ユエルは髪の表面を軽く優しく撫《な》でられるより、頭皮に手のひらの熱が伝わるぐらい、じっくりと撫でられる方が好きだ。

なんだかそっちの方が、ユエルの表情が幸せそうだったような気がする。年齢的にも奴隷《どれい》という境遇《きょうぐう》を鑑みても、ユエルは人肌の温もりに飢えているような気がする。

左手をユエルの背中に添えながら、右手をゆっくり、ゆっくりと上下させる。

けれど、ユエルの表情はいまだ暗い。

まだ笑顔を取り戻すには足りない、ということか。

右手の撫《な》ではそのまま続けつつ、左手を持ち上げる。

自由になった左手を、しょんぼりと垂れたユエルのエルフ耳に添える。

普段はピンと尖って元気そうなのに。

ユエルの表情を観察しつつ、ユエルが喜ぶ撫《な》でポイントを探そうと、柔らかな耳をやわやわと揉《も》み込んでいく。

「ふっ……んっ……」

浅い吐息が漏れた。ここだ。

ユエルが反応したポイントを左手で重点的に撫《な》で擦《こす》り、それに合わせて右手の撫でを強くしていく。

「んんっ……」

ユエルの額《ひたい》が、わずかに汗でしっとりとする程度まで撫《な》で続け、しっかりと揉みほぐしたら、今度は左右の手を入れ替える。なんだかユエルの表情がわずかに紅潮《こうちょう》し、悲しみの色が抜けたように見える。

だが、あのはにかむような笑顔を取り戻すにはまだ足りないようだ。

頭の撫でをいったん止め、今度は両耳を両手で同時に揉《も》み解《ほぐ》す。

人間の耳より少しだけ柔らかいエルフ耳の軟骨《なんこつ》を、指できゅっと挟みこみ、内側をこちょこちょとくすぐり、全体に手のひらの温かさを伝えるよう優しく包みこむ。そして、先端をやわやわと伸ばしていく。

「ふぁ……んっ……やっ……あぁっ……」

耳を撫《な》で続ける、撫で続けるが——

なんだかいつもとユエルの表情が違う気がする。

これは、なんていうか。はにかむというか、とろけていると言った方が正しい。

これじゃない、違うんだ。

俺が見たいのはユエルのこの表情じゃない。

もっと、なんていうか、癒される感じの笑顔なんだ。

こんなとろっとろの背徳《はいとく》感溢《あふ》れる表情じゃない。

そういえば、今ユエルを撫《な》でている右手は昨日トイレで——

いけない、考えてはいけない。

そうだ、やはり間違っている気がする。いったん止めようと、両手を離す。

「あっ……」

悲しそうな声をあげ、再び暗くなるユエルの表情。

一目見てわかる。きっと、この表情は「不安」だ。

俺はユエルの身体に手を出さないし、ユエルには初日に、短剣術を使えるからお前を買ったと言った。だからこそ、戦闘にこそ自分の奴隷《どれい》としての価値を求めていただろうユエル。

しかし、戦闘で役に立っているという矜持《きょうじ》は先ほど崩されてしまった。そんなユエルの表情は、まさに親に突き放され、置いていかれた子供そのものだった。

耳から手を離されて「不安」を感じているのだ。

あのかわいらしいユエルが、こんなにも辛そうな顔をして。

見ているだけで胸が締め付けられるような気持ちになる。

まずい、止められなくなった。仕方なく、ユエルの両耳に手を戻す。

「ん……」

おぉ。

ちょっとはにかんだ、やはり間違ってなかったのか。俺の全力が実を結んだ瞬間だ。

耳を撫《な》でる俺の手に、愛おしむよう指を這《は》わせるユエル。戻ってきた。ユエルに積極性が戻ってきたのだ。続行だ。

ユエルの正面にしゃがみ込み、表情を注視しながら両手をユエルの頬《ほほ》に添える。

潤んだ眦《まなじり》を、親指で撫《な》でる。

涙袋を優しく伸ばすようにそっとなぞる。

頬骨《ほほぼね》のラインに沿って、頬肉《ほほにく》をゆっくりと揉《も》み込んでいく。

「んん……」

顔の紅潮《こうちょう》が強くなるが、自分の手を重ねるようにして俺の手を挟み込むユエル。積極的になっている。つまりは撫《な》でられる資格がない、なんていう気持ちはもうどこかへいってしまったということだ。

正しかった。

俺は間違ったことはしていなかった。

頬肉《ほほにく》を親指で強めに撫でながらも、他の指を遊ばせたりはしない。

小指と薬指でユエルの顎《あご》のラインをしっかりとホールドし、人差し指と中指で、耳の内側をくすぐるように撫《な》でさする。

「ひっ……あっ……んぅっ……」

ユエルがピクリと震える。

そのままユエルの頬《ほほ》を撫でながら――

ふと、ユエルの背中の向こうに影が見えた。魔物が来た。

まぁ、こんな迷宮の中でこれだけの時間をかけていたら、当然かもしれない。

「ユエル、ビッグチック、一匹だ」

ユエルの表情が、一気に引き締まった顔に切り替わる。いや、引き締まった顔というよりも、邪魔をされて怒った顔といった方が正しいかもしれない。

ナイフを抜き、ビッグチックの突進に真っ直ぐ、正面からぶつかるように突き進むユエル。

衝突《しょうとつ》の寸前、ビッグチックを闘牛士のようにひらりと躱《かわ》す。そして避けざまに首に向けてナイフを振り抜くユエル。血を吹き、走りながら崩れ落ちるビッグチック。

ドロップを回収したユエルが、先ほどの続きをねだるように寄ってくる。

わずかに遠慮があるようにも見えるが、その表情には確かな期待の色が混じる。

もちろん撫《な》でる。ユエルは撫でれば大丈夫だった。持ち直した。

やはりまだまだ子供だということだろう。

あとは、ユエルの顔に一切の遠慮が浮かばなくなるまで、これを繰り返せば良い。

「そろそろ帰ろうか、ユエル」

「はい、ご主人様！」

俺の言葉に、ユエルははにかむような笑顔を浮かべ、元気に返事を返してくれた。


俺たちは街に戻り、装備を買うことにした。

ユエルが、投げナイフが欲しいと言ったのだ。

ユエル曰く、投げナイフがたくさんあれば、今回俺を守れたかもしれない、とのことだ。

そういえば前に、ゴブリンをナイフの一投で倒していた気がする。スキルの恩恵《おんけい》か、かなりの威力があった。それに、もう一度ビッグチック四匹相手に俺を守ることができれば、ユエルも自信を持つかもしれない。

それは、ユエルの笑顔に繋がるだろう。

投げナイフがあればそれができると言うのであれば、買わない手はない。

幸い治療院《ちりょういん》と冒険者のふたつの収入源のおかげで、懐《ふところ》には余裕がある。

ユエルには投擲《とうてき》用のナイフを四本と、今ユエルが持っているものよりもわずかに長く、実用性の高い名匠《めいしょう》の弟子が作ったというナイフを二本買った。

ほぼ素寒貧《すかんぴん》に戻ってしまったが、ユエルはこれで複数の敵が来ても大丈夫だ、とのこと。

ユエルがナイフ砲台になる日も、近いかもしれない。

第5話　ルルカと宿

「明日、一緒に迷宮に潜らない？」

武器屋から酒場に直行し、適当に食事をしていると、ルルカが俺たちのテーブルにやってきた。

そして、ちゃっかり席に座って大皿から料理を取ったり、酒の追加注文なんかをし始めた。

今日はどうやら一人のようだ。

「いや、お前、俺とは組まないとか言ってなかったか？　それに、あの貧乳が絶対に嫌がるだろ」

俺じゃなくてユエルに言っている、ということはなさそうだ。

ユエルは不安そうに俺とルルカを交互に見るが、ルルカの視線は間違いなく俺に固定されていた。

「……あ、あの子の前でソレ絶対に言わないでよ？　かなり気にしてるんだから。えっと、パーティーがなければシキとも一緒に迷宮に潜りたい、とも言ったでしょ？　今日あたりからね、フランの体調が悪くてパーティーでの探索《たんさく》はちょっとだけお休みなんだ」

ああ、そういえばそんなことも言ってたな。

なるほど、休みの日にルルカ個人とならオッケーってことか。

いわゆる、臨時パーティーってやつだ。ちょっと戦力に不安も感じていたし、三人だとどこまで行けるのか試してみるのもいいかもしれない。

「あー、そうだっけ。でもフラン、体調悪いのか。ルルカが何かしてくれるか、アイツが直接頼むなら治療《ちりょう》してやらなくもないぞ？」

「あ、あー、あはは。えっと、そういうのじゃないから心配はしなくても大丈夫だよ？」

なんだろう、歯切れが悪い。

体調不良、そういうのじゃない。

今日あたりから、ちょっとの間お休み。

心配しなくても大丈夫。

あぁ、口角が自然と上がってしまう。そうか、そういう日もたまにはあるよな。女の子だもんな。月に一度ぐらい、体調が悪くなることもあるよな。そっか、今日からか。

一ヵ月後に、「そろそろだろ？」なんて声をかけてみたい気持ちが膨《ふく》れ上がる。最初は意味がわからなくてポカンとした顔をするフラン。けれど、俺のにやけ顔を見て意味を理解し、なぜ知っているのかという困惑《こんわく》、知られてしまったということへの羞恥《しゅうち》、そしてそれを口に出す俺への嫌悪《けんお》でぐちゃぐちゃになった彼女の表情を見てみたい。

そうだ、もし今日か明日あたり、フランを見かけたら周期を尋ねてみようか。

まさに怒髪《どはつ》ツインテドリルが天を衝《つ》くほどに激昂《げっこう》するフランの表情もなかなかに見応えがありそうだ。

「あんまり怒らせるようなことはしないでよー。あの子はそういうの、本当に嫌いだからね」

ため息をついて、そう言うルルカ。俺の表情だけで、考えを察したのだろうか。

よくわかっているじゃないか、まぁさすがに実行はしないけど。ルルカのパーティーメンバーだしな。

ルルカはわりと寛容《かんよう》な性格をしているように思えるが、パーティーメンバーを怒らせてもそうとは限らない。いや、そもそもフランなら衛兵を呼んだり、魔法か何かをぶっ放してきたりする可能性も否定できない。

潔癖《けっぺき》という話だし、さすがにまずい。

でも、実際にフランを見かけたら何か言ってしまうかもしれない。

不機嫌《ふきげん》そうに「あなたのことが嫌いです」なんて態度を取られてしまったら、その表情を羞恥《しゅうち》に染め上げてしまいたくなるのは当然のことだろう。最早《もはや》、前振りにしか見えない。

「ねぇシキ、私もシキと一緒の宿に泊まりたいんだけど、いいかな？」

食事を終えて、酒場を出たところでルルカがこんなことを切り出してきた。これはアレだろう？　「私、酔っちゃったから送ってくれないかな」というやつだ。

ついに俺にもモテ期がきたのか。顔も、ほのかに紅潮《こうちょう》している。お持ち帰りされることを期待しているのかもしれない。

きっとこれが女の顔、というやつなんだろう。デートもなしにいきなりベッドインなんて、積極的だ。普段からここまで積極的だっただろうか。

いや、せいぜいが服を着たまま胸をたぷたぷしたり、押し付けたり、ほんの一瞬だけタッチさせてくれる程度だった。それも治療《ちりょう》費と引き換えで、だ。

やはりモテ期がやってきたのか。

こんなにもルルカを積極的にさせてしまうなんて、なんて俺は罪な男なんだ。おっと、表情がにやけてしまった。気をつけないとな。

「あ、もちろんそういう意味じゃなくて、待ち合わせが面倒だから同じ宿にしようっていうだけだよ。部屋も別々ね」

あ、勘違いですか、そうですよね。

顔が赤かったのはお酒を飲んだんだから当然ですよね。ちょっと舞い上がってしまった自分が悔しい。そして非常に残念だ。

俺も酒を飲んでちょっと頭が回らなくなっていたのかもしれない。

まぁ、ユエルがいるから同じ部屋で同じベッドに入ったとしても、実際は何もできなかっただろうけど。

「そういえば、ユエルちゃんとは同じ部屋で寝てるの？」

宿の受付を済ませた後、ルルカがこんなことを聞いてきた。俺とユエルの関係が気になるのだろうか。

この質問をどういう意図でしたのかが気になる。俺とユエルの親密な関係に嫉妬《しっと》しちゃっているんだろうか。それとも、俺がロリコンかどうか確かめようとしているのだろうか。

「あぁ、そうだよ。金ももったいないしな」

本当はユエルが嫌がったからだが、これは言わなくても良いだろう。

「いつもご主人様と同じベッドで寝させていただいてます」

ユエルさん、それも言わなくて良いんだよ。

ユエルの言葉を聞いて、ルルカがじっと俺の顔を見つめてくる。真実を探るような、真剣な表情だ。あぁ、やっぱりロリコンだと疑っていたんですね。

目を逸《そ》らしてはいけない。きっとここで目を逸らしたら、俺はルルカの中でロリコン扱いされてしまう。もしもそうなったら、ルルカは俺にドン引きして交渉時のサービスなんてしてくれなくなるかもしれない。

いや、それどころか目を合わせたり口を利いたりすらしてもらえなくなる可能性もある。

子供を産む女性にとって、ロリコンというのはそれほどまでに忌避《きひ》の対象足り得るだろう。

違うのだ、俺は本当に手を出していない。

こちらも極めて真剣な表情で、ルルカを見つめ返す。

「……やっぱり私、シキの隣の部屋に変えてもらってくるね？」

それは夜中に変な物音や声がしないか、確かめるということでしょうか。

この安宿の壁は薄い。あんなことやこんなことをしたりなんかすれば、すぐに隣にバレてしまうだろう。どうやら俺は信用してもらえなかったようだ。

俺は普段からあんなにもユエルに手を出さないように努力していたというのに。なんだかほんの少しだけ理不尽《りふじん》だ。俺はこの感情の矛先《ほこさき》を、どこに向ければいいんだろうか。


「んっ……はぁっ……どうですかっ、ご主人さまぁっ」

ユエルが精一杯、という雰囲気で俺の気持ち良い部分を刺激してくる。ユエルの触れる場所には、じんわりと熱が広がり、強い快感を感じる。

「あぁ、すごく良い。ユエルは最高だ。とっても気持ち良いよ」

ユエルは少し辛そうだ。それに、口には出さないが、技術はそこまで上手くない。初めてなのだから仕方がないことではあるが。

だがそこが良い。きっと、ユエルがしてくれるからここまで気持ち良いのだろう。

「はっ……っ……ふぅっ……わたしっ、痛いですけどっ、頑張りますからっ！」

硬い肉に触れるユエルが、辛そうな声を上げつつも、一生懸命に刺激を続ける。

痛いか。やはり、まだ一二歳のユエルには厳しかっただろうか。

「痛いのか？　無理はしなくていい、やめてもいいんだぞ？」

「いえっ、私っ、ご主人様のためなら……頑張れますっ」

健気《けなげ》だ。ユエルは汗を俺の身体に落とすほど一生懸命に、俺を刺激し続ける。

荒れる息、漏れる声、滴《したた》る汗。そして――

「ちょ、ちょっと！　なにやってるの⁉　ユエルちゃんに手は出さないいん……じゃ……」

ルルカの叫びとともに、部屋の扉が大きく開かれた。ルルカが部屋に乱入し、その光景を見る。

俺がユエルに肩を揉《も》んでもらっている光景を。うむ、計画通りである。

「ん？　どうしたルルカ、そんなに慌てて。何か気になるところでもあったのか？」

「え、えっと、あの、その」

もちろんわざとだ。

俺がユエルに肩を揉《も》むように頼み、声を壁の向こうまで聞こえるように、気持ち大きめで出した。治療院《ちりょういん》では自分から色々してきたルルカでも、さすがにこの勘違いは恥ずかしかったのか、言葉をつまらせながら顔を赤面させた。

ルルカはどちらかと言うと攻めてくるタイプだ。

俺からセクハラする、というよりは向こうからアピールしているような印象である。

そしてその術中にはまる俺から、金を毟《むし》りとっていく。

そんなルルカの恥ずかしがる姿は、あまり見れる表情じゃない。珍しいものを見せてもらった。

俺だって、ルルカにいいようにやられるばかりではないということだ。

「どうした、慌てて部屋に入ってきたからには、何か理由があるんだろう？　言ってみたらどうだ？」

ルルカがジト目で睨《にら》んでくる。

言えるわけないよなぁ、そうだよなぁ。

いかがわしいことをしていたと勘違いしてました、なんて言えるわけがないよなぁ。恥ずかしいよなぁ。それに俺の近くには親指をぷらぷらさせ、指の痛みをとるユエルがいるのだ。なおさらだろう。

羞恥《しゅうち》に染まった表情のルルカは、薄手の寝巻きを着ている。

ヘンリーネックのシャツに、柔らかそうな素材《そざい》でできたショートパンツ。いや、キュロットだろうか。普段もショートパンツを穿《は》いているが、服の素材《そざい》が違うだけで、だいぶ雰囲気が違う。

後ろから見たら下着のラインが透けて見えるんじゃないかと思うぐらいだ。上から下まで、たっぷりと、じっくりと眺《なが》める。重力に引かれる薄い布、そこに浮き上がる肉の曲線。

普段は見れないルルカの表情が、良いアクセントになっていた。

しかし、ルルカは目を瞑《つむ》り、深いため息をひとつ吐くと、呆れたような表情に戻ってしまった。ああ、もう終わりか。

これが俺の仕込みで、わざと勘違いさせられたことに気づいたのだろう。やはりルルカはよくわかっている。それに、切り替えも早い。

ルルカが怒るかな、とも思ったが俺は実際には何もしていない。ただユエルに肩を揉《も》んでもらっただけだ。

確かにユエルに肩を揉んで欲しいと言ったのは俺だし、ルルカが勘違いしやすいように言葉を選んだが、肩を揉んでもらって気持ちよかったという感情を表現しただけだ。

ちょっと肩に力を入れて、ユエルが肩を揉《も》む力を強くせざるを得ない状況を作ったりはしたが、それはルルカにわかることじゃない。嘘はない。

恥ずかしい勘違いをしたのは、ルルカ自身なのだ。

だからこそ、ルルカは怒ることもできずに呆れた表情をしているのだろう。これは一矢報《いっしむく》いたと言っていい。俺にロリコン疑惑をかけたことは、これでチャラにしてやってもいいかな。

翌日、朝早くから迷宮に向かい、一階層。ファングラビットを倒しドロップを回収したユエルを俺が撫《な》でていると、

「……ねぇシキ、それ、いつもやってるの？」

ルルカが微妙な顔で、こんなことを言ってきた。

「そうだけど、どうかしたか？」

右手でゆっくりとユエルの頭を撫《な》で、左手は顎《あご》の下をくすぐるように、細かく動かしていく。

昨日のビッグチック戦のことをわずかに引きずっているのか、ユエルは頭を撫《な》でられることへの抵抗はないようではあるけれど、以前のように抱きつくほどの密着はしてこなかった。

俺はそれにわずかな物足りなさを感じつつも、目の前のさらさらとした銀髪を、じっくりと撫《な》で続ける。そんな光景を、ルルカがなんとも言えない、複雑そうな顔で見つめていた。

「別に、なんでもないんだけど……」

なんだか、不満そうな声だ。やはりまだ、俺のことをロリコンだとでも思っているんだろうか。

だが、これは俺の「仕事」だ。ユエルのモチベーションを向上させるためのスキンシップだ。止めるわけにはいかない。

それにこれを止めてしまったら、俺は本当に後ろで立っているだけになる。

この撫《な》でては、迷宮における俺の存在価値そのものなのだ。ヒモはヒモらしく、ユエルを褒めて、撫でて、労って、気持ちよく次の戦闘に向かえるように尽力《じんりょく》すべきなのである。

それに加えて、ユエルを撫でるのは個人的に楽しいものがある。ユエルに慕われている、懐かれている、というのが実感できる。これを止めるなんてとんでもない。

一階層、二階層、と迷宮探索《たんさく》を続ける中で、ルルカの戦闘スタイルがだんだんとわかってきた。

ルルカは片手剣と盾を使う軽戦士で、敵の攻撃を弾き、受け流し、隙《すき》があれば攻撃をするという戦い方だった。鑑定してみた結果、どうやら盾のスキル持ちのようで、ルルカは相手の攻撃を流したり、注意を引くことに長けていた。

自分の後ろに魔物が向かいそうな時には小石を投げて注意を引いたり、相手の移動を妨害するように立ち回ったりするのがかなりうまい。

攻撃自体はそこまで得意ではないようだが、確実に二体以上の敵を引き付けてくれるため、なかなか安定感がある。

そんなルルカのおかげで、ユエルも殲滅《せんめつ》に集中できるのか、俺たちはいつも以上に順調に迷宮を進んでいった。

そして五階層。

目の前にはビッグチックが四体。ルルカがいるというのを除けば、昨日と同じシチュエーションだ。ユエルが俺を守れなかったと泣く光景が脳裏《のうり》を過る。これはチャンスだ。

「ちょっと待ってくれ」

ビッグチックを目視しユエルとルルカが駆け出そうとする中、声をかけて二人を引き止める。

今こそ、ユエルが自信を取り戻すチャンスである。

「ルルカ、今回はユエルに任せてみてもいいか？」

過去の失敗を乗り越え、自信を自らの手で掴み取るのだ。

昨日とは違い、投げナイフもある。きっと、今のユエルなら一人でもどうにかできるだろう。


「うわー、凄《すご》いねぇ」

揃って喉からナイフを生やし、崩れ落ちるビッグチック四体。

ユエルのナイフ投げの結果である。想像はしていたが、ユエルさん、凄い。普通にナイフを手に持って接近戦をするよりも圧倒的に早い。

いくらビッグチックが直線的な動きしかしないからといって、十数メートル先にいる魔物の喉にナイフを当てるなんて、そうそうできることではない。ユエルに尊敬されたいのに、もう俺がユエルを尊敬してしまいそうだ。

「やりました！　ご主人様ぁ！」

ドロップとナイフを回収したユエルが駆け寄ってくる。まさに、俺の胸に飛び込んでくるような勢いだ。そこに遠慮はなかった。

完全に吹っ切れたようで、ユエルは喜色満面《きしょくまんめん》の笑みを浮かべている。過去を乗り越え、自信を取り戻したのだ。こんなにも無邪気にユエルが喜んでいると、俺もまるで自分のことのように嬉しくなってくる。

「すごい、すごいぞ、ユエル！」

飛び込んでくるユエルを優しく抱きとめる。

俺の腰に両手を回し、頭をぐりぐりと身体に押し付けてくるユエル。その背中に手を回し、もう片方の手でユエルの頭を力強く撫《な》でる。

頭を撫《な》でると、腕を押し返すようにユエルが頭を擦り付けてきた。

懐かしい感触。

懐かしい反応。

ユエルが気落ちしていたのはたった一日だけのはずなのに、ずいぶん長い間この反応を見れてなかったように感じる。

なんだか嬉しい。

なんだろう、この気持ち。

そう、かわいい愛娘が運動会のかけっこで一位を取った時のような。全力で褒《ほ》めてあげたい、そんな気持ちが溢《あふ》れてくる。

この喜びをもっと表現したい。もっと、もっとユエルを褒めてあげたい。ただいつものように頭を撫《な》でるだけ、これだけでは駄目《だめ》だ。

今日はユエルが過去を乗り越えた日、そう、記念すべき日なのだから。

しゃがみこみ、ユエルの膝《ひざ》の裏と背中に手を回し、ユエルを横向きに抱き、一息に持ち上げる。

いわゆる、お姫様抱っこである。

ユエルは一瞬驚きの声をあげるが、すぐに俺の首に両手を回し、鎖骨《さこつ》のあたりに頭をぐりぐりと押し付ける。

上半身の安定はしがみつくユエルに任せ、下半身だけを左腕で支える。そして余った右手でひたすら頭を撫《な》でる。ユエルの頭を胸板に押し付けるような形だ。

「ユエルは凄《すご》いなぁ」

褒めて、撫でて、褒めて、撫でる。

ユエルは嬉しそうな声をあげながら、もっともっとと言わんばかりに頭をぐりぐりと擦り付けてくる。

俺はそんなかわいらしいユエルの頭を抱きしめるように——

「ちょっ、ちょっと待ってよ！　お、おかしいでしょ!?」

唐突《とうとつ》に、ルルカの叫びが聞こえた。顔を赤くしたルルカが、こちらを見ながら、なぜか驚きに目を見開いている。

「何がおかしいって？」

頑張った子供を褒めてスキンシップを取っているだけだ。おかしいところなんて何もない。

「え、えっと、いやっ、だって、ユエルちゃんには手を出さないって……」

別に手は出していない。頑張ったご褒美《ほうび》にお姫様抱っこで頭を撫《な》でているだけだ。これに性的な意図は一切ない。これは最早《もはや》、親子のスキンシップに近いだろう。

それともルルカの言う手を出さない、というのは文字通り手を触れないというレベルのものなのだろうか。それでロリコン認定だとしたら、さすがに厳しすぎる。

「撫《な》でてるだけだろ？」

「そうだけど、そうなんだけど……ほ、ほら、お、お姫様抱っことか……」

ルルカがなにやら挙動不審《きょどうふしん》な動きをしながらそんなことを言う。なんだか落ち着きがない。

なんだろう、この反応は――

ルルカのことに意識を向けると、ユエルがもぞもぞと動きだした。

どうやら撫《な》でる手が止まっていたらしい。

俺の首の後ろで指を組み、ぶら下がるように回されていたユエルの手が、俺の首をまるで抱きかかえるかのように動いていく。

手と指で俺の首にぶら下がっていたユエルが、肘の関節で俺の首を抱くように。

「私の、ご主人様」

耳元に向けてそう囁《ささや》くユエルの横顔が、まさに目の前、ほんの数センチ先にある。

そしてそのまま、ユエルの頬《ほほ》が、俺の頬に近づく。柔らかな銀色の髪が、頬をくすぐる。

しっとりとした頬肉《ほほにく》が、俺の頬に触れ、ぐにゃりとひしゃげる。そして、すりすりと、ユエルの頬と俺の頬を押し付けあう。

そう、頬ずりだ。

普段水浴びに使う粉石鹸《こなせっけん》の匂いに加え、ほんのりと甘い匂いがする。なんだろう、心が洗われるような、そんな心地良さが広がって――

「ほ、ほら、女の子がそんなにくっついちゃ駄目《だめ》でしょー？」

――くると同時に、ルルカが俺とユエルの間に割り込んできた。

密着している俺と、ユエルの間。つまり、俺の目の前。ちょっと顔を動かせば触れてしまいそうな距離だ。

普段とは違う、なんだか必死そうな表情のルルカ。

言葉の穏やかさとは裏腹に、ぐいぐいと俺からユエルを引き剥《は》がしにかかる。

「ルルカ？」

そんなルルカと目が合う。

自分で近づいておいて、今さら距離の近さに驚いたのか、大きなルルカの目が、なおさら大きく見開かれる。

赤い髪によく似合う、朱色の、大粒の綺麗《きれい》な瞳がよく見えた。

さすがにこれだけ近いと、少し動揺してしまいそうだ。

それはルルカも同じなようで、顔が赤く――いや「耳まで真っ赤に」染まっていた。

……あれ、なんだろう。さすがにおかしい気がする。

「ルルカさん？」

「なっ、なにかなぁ⁉」

硬直するルルカに声をかけると、真っ赤な顔をしたまま、パッと大きく距離を取る。

離れた後も、俺と顔を合わせようとせず、目線も横を向いたり下を向いたり安定しない。

なんだろう、この反応。それに、ユエルと俺の密着を止めた時のあの態度。

もしかして、もしかするんじゃないだろうか。

……いや、騙されるな。

冷静になれ。

ルルカの今までの行動を考えるんだ。治療院《ちりょういん》でも、散々勘違いさせられ治療《ちりょう》費を値引きさせられたのだ。これは演技かもしれない。

しかし……。

ルルカの不安そうな表情、赤く染まった頬《ほほ》、挙動不審《きょどうふしん》な態度。

これが演技なら、俺はもう女という生き物を信じられなくなりそうだ。

いや、だが今まで俺がルルカに好かれるような要素はまったくなかったはずだ。

命懸けでルルカのピンチを救ったりしたわけでもなく、ずっと長い時間一緒にいたというわけでもない。

まだ、三ヶ月同じ治療院《ちりょういん》で生活していたエリスの方が可能性があるだろう。

もしこのルルカの反応が俺の想像通りだったとしても、その原因、心当たりがまったくない。

ルルカとは、治療院《ちりょういん》で治療《ちりょう》して、お金をもらったりもらわなかったりする程度の関係だけだったはずだ。

ルルカは自身の魅力をわかっているし、軽く会話するだけで相手に惚《ほ》れてしまうような、そんなちょろい女ではないだろう。

いや、でも胸を触らせてくれたりしたのは実は俺に惚れていたからで。

いやいや、対価として治療《ちりょう》費の値引きをさせられている。金のためだったはずだ。

……でも、もしかして、金に汚いような態度は単なる照れ隠しだったりするのだろうか。

いや、俺はつい最近までルルカの名前も知らなかった。やっぱりその程度の関係だったはずだ。

あれ、でもそういえばルルカは俺の名前を知っていた。ルルカに自己紹介したような覚えはないのに。なんだろう、アレだろうか。

行きつけのコンビニで、かわいい店員がいたらチラッとネームプレートを見てしまうような感覚で俺の名前を――違う、治療院《ちりょういん》にネームプレートなんてなかった。

治療院《ちりょういん》でエリスが俺の名前を呼んだのを聞いた、というあたりがありそうな気がする。

いや、名前をどうやって知ったかなんてこのさい関係ない。問題は、ルルカが俺のことをどう思っているか、だ。

自意識過剰にすぎるような気もするが、今のルルカの態度はあからさますぎる。

「俺のこと、好きなの？」なんて聞ければ早いんだが、さすがに言えない。もし万が一、予想が外れていたら、ルルカの中で俺のあだ名は一生「勘違い君」とかになりそうだ。

毎晩ベッドで思い出しては「あああああっ」と唸《うな》ってしまうような記憶を作りかねない。

聞くわけにもいかない、でも気になる。

――なんだろう、凄《すご》くもやもやする。

結局、すっかり普段の態度に戻ってしまったルルカに何も言うことができず、モヤモヤとした気持ちを抱えたまま、俺は迷宮探索《たんさく》を続けていた。

そして――

「な、なぁ、本当に俺がやらないと駄目《だめ》なのか？」

「しょうがないでしょー？　こうするのが一番なんだから。私がやってもユエルちゃんがやっても武器が傷んじゃうし」

――今、俺の目の前にはジャイアントアント、大きな蟻《あり》型の魔物が転がっていた。

そう、転がっているのだ。

ユエルとルルカにすべての脚を関節の位置で綺麗《きれい》に切断され、腹を上に向けた状態で地面に転がるジャイアントアント。

この六階層の魔物の特徴は、その硬い甲殻《こうかく》にあった。刃物で戦う場合、関節部を上手く狙えば細い脚を切断する程度は問題ないが、胴体を無理に切りつければ剣が傷んでしまうほど、その甲殻《こうかく》は硬かった。

そんなわけで、打撃武器であるメイスを持つ俺にジャイアントアントにとどめをさす役目が与えられたわけである。

地面に転がるジャイアントアントを見れば、まず目に付くのはその大きな顎《あご》。

以前エイトの足を切断したという、ギザギザとした歯のついた、凶悪《きょうあく》な大顎《おおあご》である。

ジャイアントアントは、ガチガチ、ガチガチとその顎《あご》を開閉し、目の前に立つ俺の脚に、決して届くことのない攻撃を仕掛けようとしてくる。

動けないのだから、届くことはない。決して届くことはないのだが。

以前に見たあのエイトの大怪我《けが》と、すべての脚をもがれてなお戦意を失わないジャイアントアントを見ていると、ちょっと怖くなってくる。

いや、見栄を張った、正直かなり怖い。

このジャイアントアントの戦意に満ちた目を見ていると、近づいた瞬間、水揚げされたばかりの魚の如《ごと》く跳ね上がり噛《か》み付いてきそうな気がする。

あのギザギザとした大顎《おおあご》で。

もういっそのこと、ルルカにメイスを貸して、代わりにとどめを刺してもらいたいぐらいだ。

「なぁ、ルルカ……」

「シキ、迷宮に来てから何もしてないでしょー？」

「くっ……」

痛いところを突いてくる。

ユエルは絶対にこんなことは言わないのに。やはりユエルは優しい良い子だった。後でじっくり撫《な》でてやろう。

「治癒《ちゆ》魔法が使えるシキがいてくれるだけで安心するっていうのはあるんだけどねー、それでも私、シキの格好良いところが見たいなぁ」

ルルカが軽い調子で言う。あんなことがあった後でも、このあからさまに媚《こ》びるような声音を聞けばさすがにわかる。これは本気で言ってない。

あれか、「シキ君の、ちょっとイイトコ見てみたい！」というやつだろうか。

だが、俺はそんなフリには乗らない。俺はその場のノリに身を任せるようなことはしない、分別のある大人の男なのだ。

あの時のエイトの怪我《けが》、流れ出る大量の血液、脂汗《あぶらあせ》の浮かんだ死人のように真っ白な顔。

ジャイアントアントの顎《あご》を見ているだけで、なんだか足がムズムズしてくる。腰が引けそうだ。

そしてジャイアントアントから視線を逸《そ》らせば――

――ユエルが俺を見ていた。

ジャイアントアントの前でメイスを構えたまま動かない俺を、何かを期待するような、キラキラとした目で見ている。

お前もか、お前も俺にやれと言うのか。

いや、ユエル自身は見てるだけなんだけど。

これはルルカのようなフリではないだろう。

純粋なユエルのことだ。ご主人様の格好良い勇姿を期待しているだけなのだろう。

ユエルの前で今まで散々格好つけていた弊害《へいがい》が、こんなところにあったとは……やめる気はまったくないけど。

つぶらで大きな瞳を期待一色に染めあげ、今か今かと俺の動きを待つユエル。俺の戦う姿を、ご主人様の勇姿を、その瞳に焼き付けようというのだろう。

あんなにキラキラと、キラキラとした目で、……う、裏切れない……。

――覚悟を決める。

できるだけジャイアントアントの顎《あご》を見ないようにして、学校の授業で習った剣道を思い出す。ずっしりとした、重量のあるメイスを握り直し、上段に構え、重心を移動させながら気合を入れて振り下ろす。

「はあああぁっ！」

鈍い感触。

ベキリ、と音がしてジャイアントアントの頭に亀裂《きれつ》が走り、その隙間《すきま》から内容物がびゅるりと飛び出す。
グ、グロい……。
だが、倒せた。初めてにしては、良い一撃が与えられたのではないだろうか。

「ご主人様、さすがです！」

ジャイアントアントが光となって消えると同時、ユエルが褒めてくる。とりあえず、ユエルの期待に応えられたようで良かった。ご主人様としての尊厳《そんげん》を守ることに成功したのだ。お返しに一撫《な》でしておこう。

「シキ、なかなかやるじゃない！」

間髪《かんぱつ》入れず、ルルカも褒めてくる。

「そう？」

「うん、綺麗《きれい》な振りだったよ。何か武術でも齧《かじ》ってたの？　凄《すご》く格好良かった！　シキはすごいなー。あ、筋肉もけっこうついてるんだね、かたーい！」

なんて言いながら、メイスを握ったままの俺の腕をペタペタと触ってくる。どうやらルルカの期待にも応えられたらしい。

「……あ、やっぱりわかっちゃう？」

　学校剣道万能説。

　ジャイアントアントの頭を一発で潰せたわけだし、もしかしたら本当に会心の一撃だったのかもしれない。それに、多分この世界では戦う技術を学べる人というのは、けっこう限られているのだろう。特に冒険者の場合、自己流は多そうだ。義務教育万歳である。

「わかっちゃうわかっちゃう！　え、えーっと、力強さがある振り下ろしだったよね！　前衛《ぜんえい》やってる私が見ても惚《ほ》れ惚《ぼ》れとするような一撃だったよー」

　そっか、わかっちゃうかー、惚《ほ》れ惚《ぼ》れとしちゃうかー。

「ご主人様、格好良かったです！」

　ルルカに負けじとユエルも褒めてくる。そうだよな。俺は今、武器を持っている。そして相手は脚をもがれて動けない。恐れる必要なんてどこにもなかったんだ。

　それに、さっき見た限りではジャイアントアントはそれほど動きも速くない。一対一なら、俺でもいけそうな気がしてきた。

「よし、次は俺が最初から戦ってみるか！」

「あ、えっと、それはシキには厳しいかな。とどめだけ、よろしくね？」

「…………はい」

その後、散々ルルカとユエルに持ち上げられたおかげでジャイアントアントに対する恐怖を打ち消すことができた俺は、順調にメイスを振り下ろすだけの単純作業をこなしていった。

もちろんとどめだけ。身のほどを弁《わきま》えることは大切である。

——そして、ついに俺たちはやってきた。

あの、七階層へ。


七階層のモンスターはスライム。ドロップはスライムゼリーだ。スライムゼリーなのだ。

これで、スライムゼリーを補充することができるのだ。

酒場のミニスカウェイトレス。

宿屋の胸チラさん。

スープ屋台の湯けむり濡れ透けお姉さん。

様々な光景が脳裏《のうり》を過《よぎ》る。

あぁ、早く戦いたい。

まぁ、戦うのはユエルとルルカなんだけど。

すでにユエルとルルカは、スライム数体を相手に戦闘に入っていた。スライムは、ぷるぷるとしたゼリー状の魔物で、サッカーボール程度の大きさだ。中央に核が有り、そこが弱点である。

倒すには上手く核を狙わなければならないが、ルルカとユエルは余裕そうだ。スライムの体当たりを軽く回避《かいひ》して、サクサクと正確に核を刺し貫く。

スライムの攻撃方法はこの体当たりのみ、しかしその威力は案外高い。攻撃の瞬間、体を硬化させるため、直撃すれば骨折する可能性もあるらしい。

しかし、それだけだ。

スライムはずっと硬化していることはできないし、毒を持っていたり、身体が強酸《きょうさん》だったりもしない。

そう、スライムは七階層の魔物にしては強くない。けれど、それには理由があった。

「あれがボス部屋か」

「私たちのパーティ構成じゃ厳しいけどねー。ここのボスは、物理攻撃がほとんど効かないから」

ボス、である。

メルハーツの迷宮、その七の倍数階には、階層の中心にボス部屋と呼ばれる部屋がある。

そのボスに魔力リソースを奪われるため、ボスのいる階層の魔物は弱いのではないか、という説がある。

実際に、一四階層や二一階層も比較的弱い魔物だという話だ。

この階層のボスは、ヒュージスライム。体の構造や攻撃方法など、基本はスライムと変わらないが、大きさが段違いという話だ。その大きさ、なんと直径三メートル。

たいして強くないスライムでも、大きさが違うだけで、その強さは跳ね上がる。ヒュージスライムは普通の剣では核まで攻撃が届かないうえ、粘性のあるその体の性質上、剣で切りつけてもすぐに傷口がふさがってしまう。

また、その大質量からくる体当たりの威力は脅威《きょうい》の一言。人なんて、簡単に押しつぶしてしまうだろう。ギルドの方でも、ボス部屋には迂闊《うかつ》に入らないようにと促していた。

無理にボスを倒さなくても、迂回して次の階層に進むことはできるからだ。

「火力の高い魔法職がいないと厳しそうだな」

「そうだねー、少しずつ外側から削っていけば倒せないこともないだろうけど、試してみたくはないかな。倒せればレアドロップを落とすこともあるんだけどね」

ルルカがそんなことを言う中、ユエルはボス部屋へと繋がる扉をジッと眺《なが》めるが、気にしてはいけない。

きっと、扉の装飾にでも気を取られているんだろう。ユエルは相性の悪い強敵とあえて戦いたがるバトルジャンキーなんかではないと信じたい。

「レアドロップは何なんだ?」

「えっと、スライムの雫《しずく》っていう魔法薬の材料だね。確か、けっこう良い値段がしたはずだよ? まぁ、スライムゼリーを何個かドロップするっていうのがほとんどなんだけどねー」

「へぇ、でもまぁ、俺たちには関係ないか」

ルルカだけでなく、ボス部屋の扉をジッと眺《なが》めている少女にも聞こえるように、はっきりと告げる。

「そうだねー。さて、あそこにいるスライム倒したら帰ろっか。そろそろお腹も空いてきたしね」

そういえば、そろそろお昼時のような気がする。脇道に逸れず、正規ルートを辿って帰ればちょうど良い頃合いだろう。

もっとスライムゼリーを集めたい気持ちはあるが、ユエルにひもじい思いをさせるわけにもいかない。


迷宮探索《たんさく》を終え、ギルドの買取カウンター。

俺は今の今まで、とても重要なことを忘れていた。

それは、今回の迷宮探索《たんさく》では、俺はユエルとルルカの後ろで戦闘を眺《なが》めているだけだった、ということだ。

もちろん、いつものことではあるのだけれど。しかし、これが問題だった。

魔物は倒されると、「その場に」ドロップを落とす。つまり、それを拾うのは必然的に魔物に近い人、魔物と戦った人というわけだ。何が言いたいかと言えば、今回の探索《たんさく》で得たスライムゼリーは、俺のアイテムボックスには一個も入っていないということだ。

そして今、ルルカとユエルが素材《そざい》買取カウンターの受付嬢に、素材《そざい》を受け渡そうとしている。

売却を止めようにも、うまい言葉が思いつかない。

いや、一応思いついてはいるが、俺の名誉が地に落ちるような最低な発言しか出てこない。

悩んでいる間にも、受付嬢はこなれた笑顔を浮かべながら、淡々と合計買取金額を告げる。

そしてついに、俺のバンクカードに、その三分の二の金額――俺とユエルの二人分が振り込まれた。

受付嬢の、自然な笑顔とともに。

第６話　祝いの席

ルルカと迷宮探索《たんさく》をした翌日。

冒険者ギルドの片隅に、俺とユエルはいた。

時刻は昼過ぎ、買取窓口が混雑し始める時間帯である。

「あぁ、ユエル。買取カウンターに行く前に、素材《そざい》を全部渡してもらえるか？」

二人で迷宮七階層に挑戦した俺とユエルは、無事スライムを討伐することに成功した。これでついに、念願のスライムゼリーを補充することができるのである。

「素材《そざい》を全部、ですか？」

「あぁ、今までは素材《そざい》をろくに数えもせずに売っていたけど、今後も迷宮に潜るなら参考までに、と思ってな」

純粋なユエルならこんな風に誤魔化《ごまか》さず、ただ「スライムゼリーをくれ」と言っても何の疑問も持たずに渡してくれるのかもしれない。けれど、それを数年後、ふと思い出されたら。

難しい年頃になったユエルが俺のことを軽蔑《けいべつ》し、頭を撫《な》でようとした俺に向かって「ご主人様に触られたくなんかありません！」なんて言い出したら。俺はショックで寝込んでしまうかもしれない。

いや、本当に。今のユエルはかわいい。素直で、愛らしくて、俺に懐いてくれている。

けれど、将来ユエルが大きくなったらどうなるんだろうか。反抗期が来たりするんだろうか。髪を派手な色に染め、肌もこんがり焼いたりしてしまうんだろうか。すでに銀髪に日焼け肌だけど。

「あの、ご主人様？」

声に目を向ければ、アイテムボックスから素材《そざい》を出し切り、ちょこんと首を傾げ俺を見上げるユエルがいた。

「あぁ、ユエルはかわいいなぁ」

ふと、自然にそんな言葉が出てしまった。

「っ……！　そっ、そんな、か、かっ、かわいいだなんて」

驚いたような声をあげ、頬《ほほ》をほんのりと赤く染めるユエル。視線を忙しなく動かしながら、もじもじとしている。

明らかに照れている。女の子らしくて、かわいい反応だ。

……褒められ慣れていないんだろうか。そういえば、一番身近にいる俺ですら、ユエルの容姿を褒めたことがほとんどなかったかもしれない。戦闘が凄《すご》かったとか、そんな褒め方しかしてなかった気がする。

これはいけない。ユエルは女の子だ。

幼い今のうちからある程度褒められ慣れておかなければ、いつか悪い男に煽《おだ》てられ、いいように利用されてしまう。

ルルカぐらい強《したた》かになって欲しいとは言わないが、ユエルのかわいらしい容姿で自己評価が低いまま、というのはいただけない。

「いや、ユエルはかわいいよ。まず笑顔が良い。ユエルの笑顔を見てるだけで癒される」

「そ、そんなこと……」

ふるふると首を振りながら、顔を手で覆い隠すユエル。顔自体は手で隠しているが、耳が赤く染まっているのがよく見える。

ちょっと楽しい。いや、やはり慣れが足りない。褒められることに耐性がないというのは、女の子として危険だ。ユエルの未来のためにも、もっと褒めなければいけない。

「ユエルの髪はサラサラしていて触り心地が良いよな。見た目もツヤがあって、天使の輪がついているみたいだ。そう、ユエルはまるで天使みたいにかわいいよ」

「てっ、て、天使みたいに……？」

頬《ほほ》を片手で押さえながら、褒められた長い銀髪を、もう片方の手で押さえつけるユエル。やはり恥ずかしいのか、もじもじと忙しなく指を動かす。

た、楽しい……。

今まで、女の子を褒めただけで、こんなにも良い反応を返してくれたことがあっただろうか。

いや、ないだろう。「綺麗《きれい》な顔だ」と言ったのに舌打ちを返してきたエリスの冷たい表情が記憶に新しい。

「ユエルは肌も綺麗《きれい》だよな。濃すぎず薄すぎない絶妙な色合い。俺は健康的で好きだよ。いつもズボンだけど、今度スカートを穿いてみるのも良いかもしれないな」

「すっ、すっ、好き⁉」

そういえば、ユエルには実用的な服ばかり買っていた気がする。ユエルも少しはお洒落《しやれ》をしたい年頃だろう。収入も増えてきたし、ユエルにかわいい服を買ってあげるのも良いだろう。

「ユエルはかわいいよ。一緒にいるだけで楽しいし、幸せだ。ずっと一緒にいて欲しいぐらいに」

「わっ、私もご主人様と、ずっと一緒にいたいです！」

目に涙を浮かべながら、そんなことを言ってくれるユエル。

褒められたのがよほど嬉しかったのか、俺に抱きつき、すすり泣く。しかし、これはさすがにちょろすぎるんじゃないだろうか。本当にいつか悪い男に利用されてしまうのではと心配になる。

それになんだか、ユエルにこんなにも喜ばれると、ユエルの反応を半分楽しみながら褒めていたことに少しだけ罪悪感《ざいあく》を覚えてしまう。

褒めた内容は本心からであって、嘘をついたりしていたわけではないんだけれど。少し気まずいものを感じ、ユエルから視線を逸《そ》らすと——買取カウンターに並びながらこちらを見ているエイトとゲイザーがいた。

……そういえばここ、ギルドの中でした。

冒険者ギルドで幼い少女奴隷《どれい》を褒め殺し、最後には泣かせるという、なかなかに外聞《がいぶん》の悪い行為をしてしまった俺は、エイトたちと一緒にそそくさと冒険者ギルドを出た。

「そ、そういえば、今日二人で七階層まで行ってきたんだよ」

「へぇ、もうそこまで行ったのか？　やるじゃねぇか！」

「シキたちならすぐだとは思ってたが、ここまで早いとは思わなかったな」

酒場への道のりを歩きながら、エイトとゲイザーが言う。

酒場は迷宮からほど近いところにある。距離にすればわずかなものだが、この短い距離を移動できるのが今の俺にはありがたい。

ギルドでは、さすがにユエルと何を話していたかまでは聞こえなかっただろうが、幼い少女を赤面させ泣かせていたのは確かなのだ。周囲の視線が痛かった。

エイトたちが、俺とユエルのピュアな関係性を知っていたことがせめてもの救いである。

ニヤニヤしてるのが少し気になるけれど。

「まぁ、迷宮探索《たんさく》の方はユエルの実力であって、俺は何もしてないけどな」

「でも、後ろにシキみたいな治癒《ちゆ》魔法使いが控えてるってのは安心するもんだろう？　エクスヒールは使えるわ、足を治しただけなのにいつの間にか全身の傷跡が消えてるわ。そうそういるレベルじゃないぜ？」

「あー、傷跡に関してはアレだな。あのときはエイトの怪我《けが》を見てちょっと焦ってたからな。俺が治癒《ちゆ》魔法をかけるとたまにあるんだよ、怪我《けが》以外のところも治ってたっていうのは」

この世界に来て、俺は劇的に魔力量が増えた。今ではわりと落ち着いているが、この世界に来て数日は、有り余る魔力のコントロールが上手くできずに、指先の小さな傷を治そうとしただけで、相手の全身にエクスヒールに近い治癒《ちゆ》魔法を掛けてしまったなんてこともあった。治癒《ちゆ》魔法の効果が下がるとか、発動しない、といったことはなかったのが幸いである。

「へぇ、魔法ってのは焦ったりすると発動すらしないこともあるって話なんだがな。シキの治《ち》癒《ゆ》魔法はどうなってんだ？」

「俺にもよくわかんねーんだよな。まぁどうあれ、今日はお祝いだな！」

酒場に着いて、いつもよりワンランク上の酒を頼み、料理もどんどん注文していく。

今日は出張治療院《ちりょういん》も閉院だ。

なぜなら、今日はスライムゼリーを手に入れた特別な日だからだ。

「「「乾杯！」」」

ジョッキを打ち鳴らし、七階層到達を祝う。なぜお祝いムードになっているのかわからずに、ジュースの入ったコップを抱えたままのユエルにも、忘れずにジョッキを当てにいく。仲間外れはいけない。

「あの、ご主人様。これは何のお祝いなんですか?」

「これはな、ユエルが迷宮探索《たんさく》を頑張ったねっていうお祝いなんだよ」

まさかスライムゼリーを手に入れたお祝いだなんて言うわけにはいかない。もちろん誤魔化《ごまか》す。

「ん?　これはスラいってぇ!!」

空気を読まずに暴露しようとするゲイザーの足を踏みつけるのも忘れない。

「まぁ、何にせよ今日はお祝いだな。シキ、もっと注文しようぜ」

俺の態度を察してか、エイトが話題を切り替えにかかる。やはり、エイトは空気を読める男だ。ゲイザーとは違う。本当に良い友人に恵まれた。

「あぁ、今日は俺の奢《おご》りだ。じゃんじゃん注文してくれ!」

「いいのかよシキ!　それじゃあとりあえずオークの肉のソテーと……」

「それはいらない」

食欲の赴くまま散々飲み食いをして、きっともう日も暮れる時間だろう。

遠慮なく高い酒を注文し続けるゲイザーに釣られて、ハイペースで飲みすぎたような気がする。またやってしまった。

ゲイザーは酒を水ぐらいにしか思ってないのかもしれない。

こいつに合わせて飲むと、そのうちトイレに行ったまま戻ってこないエイトのようになってしまうかもしれない。次からは気をつけよう。

ふと横にいるユエルを見れば、ユエルはぼーっと、ウェイトレスのミニスカートを眺《なが》めていた。どうしたんだろうか。まさかパンチラ待ちしているわけじゃないよな。

あぁ、そういえば、今日ユエルにスカートも似合うかもしれない、みたいなことを言ったような気がする。多分それだ。

「そうだな、ユエルにプレゼントをしないとな」

「プレゼント、ですか？」

突然だったせいか、きょとんとした表情だ。

「あぁ、ユエルはいつも頑張ってくれているからな。そのお礼みたいなものだよ」

「そ、そんな、わたしは……」

照れながら俯《うつむ》くユエル。「遠慮します」といった態度だ。

けれど、俺はユエルのスカート姿も少し見てみたい。

いつもユエルの激しい戦闘を後ろから眺めている手前、迷宮探索《たんさく》で穿《は》かせるわけにはいかないが、普段町で着る分には問題ないだろう。いつも世話になってるんだ。感謝の気持ちを伝えたくてな」

「俺がプレゼントしたいからするんだよ。いつも世話になってるんだ。感謝の気持ちを伝えたくてな」

もう一押ししておこう。

「そ、それなら……」

「おいシキ、赤竜殺しがきたぞ！ 飲んでみろよ！」

ゲイザーが空気を読まずに、酒瓶《さかびん》を抱えながら声を上げる。

……こいつは本当に空気を読まない。今俺とユエルが話していただろうが。

しかし今は祝いの席だ、寛容《かんよう》に行こうじゃないか。

「へぇ、うまい酒なのか？」

「あぁ、値段にして五〇〇〇〇ゼニーだ。飲んだことはないが、きっと良い酒だぜ？」

……こ、こいつは本当に遠慮しないな。

奢《おご》るとは言ったが、五〇〇〇〇ゼニー、日本円で五万円相当の酒をこんなに軽々しく頼むだろうか。俺が今日の会計を想像して身震いしている間にも、ゲイザーは五〇〇〇〇ゼニーの酒を開け、自分のグラスにどぼどぼと注いでいる。

酒瓶《さかびん》が小さいこともあって、ゲイザーだけで飲み切ってしまいそうな勢いだ。

「ちょっ、ちょっと待て。俺も飲むから！」

五〇〇〇ゼニーも払うのに飲むこともできませんでした、なんて許容できることじゃない。

ゲイザーから酒瓶《さかびん》を奪いとり、四分の一ほど残っていた赤竜殺しを一気に口に含む。

灼熱感《しゃくねつかん》。

予想以上の強さに咳《せ》き込みそうになるが、高い酒を零すわけにはいかない。

一息に飲み下す。腹の底からぐつぐつと、煮えるような熱さが伝わる。

これは……一気に意識レベルが落ちていく。

「……これ、強すぎないか？」

「そうか？　こんなもんだろ」

今にも意識を手放し、眠りに落ちてしまいそうな俺とは対照的に、自分のグラスを飲み干したゲイザーは元気である。

ゲイザーは背も低いし、本当は酒に強いと言われているドワーフなのかもしれないと思うほどだ。

駄目《だめ》だ、朦朧《もうろう》としてきた。

あぁ、ユエルが俺に何か言っているけれど、何を言っているのかうまく聞き取れない。

多分、さっきの会話の続きだろうか。意識がブツブツと途切れて何を言っているのかわからない。

赤竜殺しは俺には強すぎた。ユエルはなんだかやる気に満ちた表情をしている。

きっとプレゼントをもらう、ということになったから「迷宮探索《たんさく》をもっと頑張ります」みたいなことでも言っているんだろう。

「あー、がんばれよ」

上手く言葉が出たかどうかはわからない。けれど、ユエルは嬉しそうな顔をしている。

きっと言えたんだろう。

駄目《だめ》だ。もう頭を支えられない。

どうしようもないほどに眠い。

そして、俺はテーブルに突っ伏し、瞼《まぶた》を閉じた。


「あっ、おはようございます、ご主人様」

目が覚めると、すぐ目の前にユエルの青い瞳があった。

「あぁ、おはよう」

ユエルは添い寝をしながら俺と見つめ合うような姿勢で、俺の顔を覗《のぞ》き込む。

どうやら寝顔を見られていたらしい。

口元を触ると、涎《よだれ》が垂れていた。少し恥ずかしい。

それにしても、ユエルが先に起きているなんて珍しい。普段は俺よりもちょっと遅いぐらいに目を覚ますことが多いのに。

たまに早起きして、俺のテントを見つめていることがないでもなかったけれど。それに、少しいつもと雰囲気が違う気がする。

ユエルの微笑《ほほえ》みの中に、達成感というか、充足感というか、そんな雰囲気が混じっているように感じる。

それに、少しばかり眠そうだ。どうしたんだろう。

そういえば、俺は昨日、酒場で潰れてからどうなったんだろうか。

あのままテーブルに突っ伏して眠り込んだと思ったら、今はユエルと一緒にベッドの上。

そしてユエルは眠そうにしながらも、何やら満足気な表情をして――

……いや、まさかな。

ユエルをよく見れば、いつもは寝心地の良い薄手の服を寝巻き代わりにしているのに、今は外出用の服に着替えている。

なぜ、もう着替えているんだろうか。早起きして、時間を持て余して先に着替えたのか。

それとも、俺が寝ているうちに服を汚してしまうようなことを――

……いやいや、あるはずがない。

ユエルに気づかれないように、さりげなく毛布の中で自分の服をチェックする。

問題ない。昨日と同じ服だ。ズボンもパンツもしっかり穿《は》いている。ベルトも締まっているし、特別汚れたような様子もない。

良かった、何もなかった。

でも、何もなかったなら、どうしてユエルは……。

偶然《ぐうぜん》早起きしたユエルが時間を持て余し、着替えはしたけれど俺が起きるまで暇だったからベッドに再び潜り込んだ。眠そうなのは早起きしてしまったから。

そんなところだろうか。

「昨日は誰かがここまで送ってくれたのか？」

「はい、ゲイザーさんがご主人様を運んでくれました」

「そうか……」

今度礼を言わな……くてもいいか。

そもそも、赤竜殺しなんていうものを頼んだゲイザーこそ、俺が潰れた原因なのだ。いや、飲んだ俺が悪いといえば悪いんだけれど。心情的な問題として。

身支度を整えて、朝食をとるために酒場に向かう。

毎日欠かさずに通っている俺たちは、最早《もはや》常連中の常連だ。出張治療院《ちりょういん》があるのだから当然といえば当然ではあるのだけれど。

店内に目を向ければ、仕事中のミニスカウェイトレスさんが、こちらに向けて手を振ってくれている。

この酒場のウェイトレスさんは美人揃《ぞろ》いだ。

できればスカートを自分からたくし上げてくれるぐらいまで仲良くなりたいなと思い、たまに話しかけてはいたが、自分の仕事で手一杯なようで、ゆっくり話す時間はろくに取れなかった。

つまり、俺と彼女はたいして仲良くはない。だというのに、今日は何やらフレンドリーだ。親しげな笑顔で、手をフリフリと振ってくれている。

ミニスカートをフリフリしてくれた方が嬉しいのだけれど。

手を振り返そうとして――違和感に気づいた。俺に手を振っているわけじゃない。少し彼女の視線が横に逸れているような気がする。

上げかけた手を戻し、横を見ると――

ユエルがはにかみながら、ウェイトレスさんに手を振っていた。ユエルさん、いつの間に仲良くなったんですか。

昨日、俺が寝てから話す機会があったんだろうか。

それにしても、俺が攻めあぐねていた美人ウェイトレスを一晩で攻略するなんて、末恐ろしい子である。ぜひその手練手管《てれんてくだ》をご教授願いたい。

ユエルが手を振り返すと、ウェイトレスさんの視線が、横にいる俺に移った。

そして、目が合うと、彼女は再びニコリと笑みを浮かべた。仕事の手を止めて、少し早歩き気味でこっちに歩いてくる。転ばないかな。

いや、違う。

どうしたんだろう。

まだ俺たちは席にもついていないし、注文を取りにきたわけではないはずだ。

ユエルに話でもあるのかとも思ったが、あの笑顔は間違いなく俺に向いている。

なんだろう、期待してしまう。

もしかするとユエルが昨日、俺のことを良い感じに話してくれたのかもしれない。「親切な人だとは思っていたけど、やっぱり優しい人だったのね！　抱いて！」という感じになってしまったのかもしれない。

そんなことを考えていると、ウェイトレスさんが俺の前にやってきた。そして、彼女はニッコリとした笑顔のまま、元気な声で――

「昨晩のお会計、一万二〇〇〇ゼニーになります！」

「くそがーーーっ！」

酒場で食事を済ませ、迷宮に入る。

目指すは七階層。もうスライムゼリーはしばらく困らないほどあるが、今はとにかく金が欲しい。今朝、財布の中身がほとんど消えてしまったうえに、ユエルに服をプレゼントすると約束したからだ。

プレゼントするなら、やはり中古ではなく新品が良い。どうせ新品を買うなら、できるだけ良いものを買ってあげたい。

そして、良い服は高い。

一着数千ゼニーという値段設定は、ザラにあるのだ。というわけで、できる限り予算を確保しておきたい。

スライムは弱いが、魔石はしっかり七階層相当の物をドロップする。七階層は金銭的にもおいしい狩場だった。ユエルが魔物を倒した稼ぎでプレゼントを贈るというところに少し思うところがないでもないが、ユエルはきっと気にしないでくれると信じたい。

七階層に行くのも、最早《もはや》手慣れたものである。

三階層までの魔物はもうユエルの相手にすらならないし、足が遅いグリーンイビーやジャイアントアントは進行方向にいなければある程度無視できる。ビッグチックは見つけ次第ナイフを投げて先手を取ることで数を減らし、探索《たんさく》は時間は大きく短縮された。

そして七階層。

ここがおいしい狩場というのは冒険者には周知の事実のようで、テントを用意して泊まり込みの狩りをする集団がちらほらいた。

低階層では比較的危険な五階層や六階層突破のリスクを取った分、七階層にできるだけ長く居座ろうという魂胆《こんたん》だろう。

しかし、泊まり込みでの狩りには不寝番《ふしんばん》が必要になる。

俺たちは二人だけしかいないから、それはなかなか難しい。

それに、迷宮の中に長く潜りすぎると、時間がわからなくなるという問題もある。

一応、一定時間結界を張れる使い捨ての魔道具や時計も存在はするが、それなりの値段はする。

数日迷宮に潜れば買えないこともないが。

しかし、今は金がない。買うのはまた今度だ。


七階層を適当に徘徊《はいかい》しながら狩りを続けていると、ボス部屋に辿り着いた。

ボス部屋には、ヒュージスライムがいる。

そのレアドロップは、スライムの雫《しずく》。冒険者ギルドで聞いてみたところ、一個あたり二〇万ゼニーで買取をしているらしい。

「二〇万ゼニーか……」

レアドロップとはいえ、一個出すだけで俺たちが半日七階層で狩りをして得る金額の、ざっと四〇倍である。

魅力的な金額だ。金は欲しい。いくらでも欲しい。

いや、しかし……やはり、勝てないだろう。

ヒュージスライムは三メートル級の巨体。

それに対して、ユエルの武器は二、三〇センチ程度のナイフだ。

自分たちが勝つ、というイメージがまったく見えてこない。

隣を見れば、ユエルはボス部屋の扉を見つめながら「私ならいつでもいけます！」というようなやる気溢れる表情をしている。

が、行くわけにはいかない。

普通にスライム狩りを続けるのが安全で、効率も良いのだ。それに、金が要る理由もそこまで切羽詰まったものじゃない。リスクが高い手段に頼る必要性はなかった。

「私ならいつでもいけます！」

「いや、行かないから」

ユエルが想像していたとおりのことを言ってくれるが、やはり行くべきではない。

ユエルが残念そうな顔をするが、仕方がない。

ユエルは確かに実力がある。しかし、少し無鉄砲なところがある。ストップを掛けることは、これからも必要になるだろう。これも保護者の務めというやつだ。

迷宮探索《たんさく》も終わっていつもの酒場。

「ご主人様、私ちょっと、髪を直しに行ってきますね」

ユエルがトイレに立つと同時に、出張治療院《ちりょういん》にルルカがやってきた。

狙い澄ましたようなタイミングだ。

「シキ、怪我《けが》しちゃった。治してよー」

治療《ちりょう》スペースに入ったルルカが、ニコリと笑いながら、後ろ手にカーテンを閉める。やはりルルカはよくわかっている。

「いいのか？　ここはエリスの治療院《ちりょういん》じゃないんだぜ？　フランを治療《ちりょう》した時は個人的な治《ち》療《りょう》だったが、今はこの酒場で、きちんと治療院《ちりょういん》としてやってるんだ。相場通りの料金を払ってもらうぞ？」

「まぁまぁ、料金のことは怪我《けが》の状態を見てからでも遅くないでしょ？」

そう言って、ルルカがシャツのボタンをプチリ、プチリと外していく。

徐々に露わになっていく胸元。シャツの合間からは、豊かな双丘《そうきゅう》の象徴である谷間が覗《のぞ》く。

冒険者らしからぬ、フリフリとした飾りのついたかわいらしい下着がチラリと見えた。

ボタンを四つほど外したところで肩をグイッと露出させるルルカ。そこには、鋭いものでひっかかれたような切り傷があった。

「とってもとっても小さな怪我《けが》だと思わない？」

「治療《ちりょう》費は使う魔法の種類で決まる、怪我《けが》の大小はあまり関係ないな」

突き放すように言ってやる。

もちろん、値下げプレイに突入するためだ。

――しかし、ルルカはこれをどう考えているのだろうか。

一昨日《おととい》、ルルカと迷宮に潜った時の、あの表情。

まるで、ユエルに嫉妬《しっと》しているような、あの態度。今までは金のためなら多少のことは気にしない女なんだ、と思っていたが、どうもそれは違うような気がしてきた。

今こそ、確かめる好機かもしれない。ルルカがどこまでやってくれるか、それを見ればある程度の判断材料になるだろう。

もとい、好意を持たれているような気がするから、いけるところまで行ってしまいたい。

「えぇー、本当に小さな怪我《けが》なんだよ？　もっとよく見てよー」

ルルカが立ち上がり、身体を前傾させる。

かわいらしい顔が目と鼻の先まで近づく。そして視線を下げれば、はだけた谷間。大きな胸が重力に引かれ、ふるふると揺れている。

「よく見てよ」もなにも、怪我《けが》は見た瞬間にヒールで治しているんだが、ルルカは続行している。ある種の信頼関係が構築されている証と言えるだろう。

それにしても、良い眺《なが》めだ。だが、今日はルルカがどこまでやるのか確かめるのだ。

こんなところで止めるわけにはいかない。

向き直る。


「うーん、よく見えないなぁ」

「えー？　しょ、しょうがないなぁー」

ルルカはキョロキョロと周囲を窺《うかが》い、カーテンの隙間《すきま》を再度キッチリと閉めてからこちらに向き直る。

その顔は、心なしか紅潮《こうちょう》しているようだ。

「そ、それなら触って確かめてみてくれてもいいんだよ？」

そして俺の手を掴み、その手を胸元へ引っ張る。

「んっ……」

むにゅり、と指が柔らかい肉の感触を伝える。シャツ越しに、ではあるが。

押し付けた手のひらが豊かな胸を圧迫し、はだけた胸元には、存在感のあるひしゃげた胸がのぞく。ルルカはすでにこちらを見ておらず、恥ずかしそうにそっぽを向いている。

たまにやっていたことではあるが、もしかしたら相手が好意を持ってくれているかもしれない、というのが絶妙なスパイスになっている。

動けなくなりそうだ。しかし、ここまでは既定路線だ。

いつもなら、ここで値引きして終わり。けれど、ここからが重要なのである。

「シャツの上からじゃ、わからないなぁ」

「えっ？　あっと……うーん」

さすがに駄目《だめ》だろうか。悩んでいる。

こちらをチラチラと窺《うかが》いながら、顔をほんのりと赤く染め、悩んでいる。

「ねぇ、シキ……」

ルルカが口を開く。

指先からは柔らかい感触が、耳からは媚《こ》びるような甘い声が伝わる。

――けれど、その時俺の意識は、すでにルルカには向いていなかった。目が合ったからだ。

「……え？」

戻ってきた、ユエルと。

ルルカの背中の向こう側。

「ご主人、様……？」

トイレから戻ってきたユエルが、呆然《ぼうぜん》とした表情でこちらを見つめていた。

その目は虚《うつ》ろで、口は小さく開いたままである。目の前の光景が理解できない、といった雰囲気だ。

これはまずい、非常にまずい。

今、俺の手はルルカの豊かな双丘《そうきゅう》を揉《も》むために、その胸元に突き出されている。

そして、ルルカ自身もシャツを肩まではだけさせ、肌を大きく露出させている。

……状況証拠は、揃ってしまった。

ユエルはルルカの背中側に立っているから、実際に俺が胸を揉《も》んでいるかどうかはわからないかもしれない。

手を添えているだけに、見えないこともないだろう。

しかし、突き出された腕の向き、はだけたルルカの服、俺とルルカの近い距離感。

ユエルが、いかがわしいことをしていたのでは、と想像してしまうのは当然のこと。

実際、していたわけで。何をしていたのかと言われれば、治療《ちりよう》費代わりにルルカの胸を揉んでいた。

……バレてはいけない。

こんなことを馬鹿正直にユエルに言ったなら、今まで積み上げてきた格好良いご主人様のイメージが完全に壊れてしまう。それは駄目《だめ》だ。

ユエルにキラキラした尊敬の目で見つめられることは、最早《もはや》、俺の大切な楽しみの一つ。こんなところで失敗するわけにはいかない。

考えろ、考えるんだ。

ここはまさに、俺がユエルの尊敬すべきご主人様でいられるかどうかの分岐点《ぶんきてん》。天王山の戦いだ。

誤魔化《ごまか》すしか、ない。

「いやー、難しい治療《ちりよう》だった。なぁ、ルルカ？」

ルルカの胸から手を離し、合わせろ、と目線を送る。察しの良いルルカのことだ。「難しい治療《ちりょう》だから、肌を直接触りながら丁寧《ていねい》に魔法をかける必要があったのに、わざわざありがとう！」ぐらい言ってくれるかもしれない。

ルルカの目を、そんな期待を込めて見つめる。そして、ルルカが真剣な表情で俺の目をじっと見つめ返す。

見つめ合うこと二、三秒。

どうやら意味を理解したのか、ルルカはニコリと笑顔を浮かべて――

――俺の右腕を、掴んだ。

片手で器用に残りのシャツのボタンを外し、かわいらしい下着を完全に露出させるルルカ。

そして、掴んだ俺の手を下着の上からその胸に押し付けるように、ぐいぐいと動かし始める。

あ、柔らかい。

「んっ……どう、かな？」

これは……。

値引き交渉続行、ということだろうか。

この展開はまずい。誤魔化《ごまか》すことができなくなってしまう。もしかして、ルルカはユエルに気づいていないのだろうか。いや、そんなはずがない。

確かに背中側にいるユエルは見えないが、声は聞こえたはずだ。もし偶然《ぐうぜん》聞こえなかったとしても、俺の態度の変化に疑問を持ってもいいはずだろう。

しかし、どうする。この状況はまずい、悪化してしまった。

柔らかい。

どうすれば良い。

俺の腕がぐいぐいと動かされる。

ルルカの胸がぐにぐにと歪む。

どうすれば。

吸いつくような肌。

かわいらしいフリルのついた下着。

柔らかい。

シルクのような柔らかい生地の下着越しに、さらに柔らかい肉の膨らみがある。

鷲掴《わしづか》みにしたい。

ひしゃげる双丘《そうきゅう》。

弾み、大きく歪む肉の膨らみ。

「んっ……」

下半分しか下着に隠されていないその膨らみの上部を指で撫《な》でれば、しっとりと吸い付くような感触が――

「あっ……んんっ……」

感触が……。

……気づけば、両手でルルカの胸を下着の上から揉《も》みしだいていた。

ルルカの顔は真っ赤に紅潮《こうちょう》し、呼吸もわずかに乱れている。

露出された胸や腹部の肌もほんのり桜色に染まり、かなり扇情《せんじょう》的だ。

もう、このままお持ち帰りしてしま——

「あ、あ、ご、ごしゅ……さまが……」

——完全に本能に呑《の》み込まれた意識に、微かに震える声が届く。

そう、ユエルの声だ。

本能に呑まれた理性が急速に蘇《よみがえ》り、まずい、まずい、まずいと、ガンガンに警鐘《けいしょう》を鳴らし始める。ルルカの胸から視線を外し、その向こうに目を向ければ——

——深い悲しみをたたえた、今にも泣き出しそうなユエルの顔があった。

「と、とられっ……っ……ううっ、ううぅ……」

口を引き結ぶように固め、ぷるぷると握りしめた拳を震わせながらこちらを見るユエル。

悲しみに染まった目。その目には、今にも溢《あふ》れそうなほどに涙が溜まっていた。

そして——

「うっ、うぇっ、うえええええええっ、うあぁっ」

決壊《けっかい》した。

すすり泣きではない、大泣きである。

抑え込もうとして、でもどうしても抑えられない、そんな泣き声だ。

「あ、えっと、ユエル、これは、その」

まずい、本当にまずいことになった。

ユエルが泣いている。どうにか、どうにかしないといけない。でも、どうにかしないといけないのに……言葉が出てこない。

一瞬とはいえ、ユエルのことを忘れて完全に色欲に呑《の》まれた俺に、いったい何が言えるというのか。

ど、どうすれば――

「あっ、えっ、う、嘘⁉ ご、ごめんね、ごめんねユエルちゃん！」

ユエルの泣き声に、ルルカが慌てて振り向き、あたふたとしながらもユエルをなだめ始める。

「ほ、本当にごめんね？ ユエルちゃんをこんなに悲しませるつもりはなかったんだけど……。あの、えっと、ちょっとだけ借りてただけで、ユエルちゃんからシキをとろうとしたわけじゃ……な、ないんだよ？ えっと……あ、ほ、ほら、治療《ちりょう》！ そう、さっきまで難しい治療《ちりょう》をしてたからさ、本当に治ってるかどうか、シキに確かめてもらってたんだ。それだけなんだよ、ね、ねぇ、シキ？」

ユエルをあやすように、優しい調子で言葉をかけるルルカ。そして、それでも泣き止まないユエルを見かねたのか、誤魔化《ごまか》しにかかる。ファインプレーだ。

「そ、そうなんだよ！　あれは触診って言ってな、れっきとした医療行為だったんだ。凄《すご》く難しい治療《ちりょう》だったから、治癒《ちゆ》魔法をかけた後も体に異常がないか、念入りに確かめていただけなんだよ」

とってつけたような言い訳だ。

いくら人を信じやすいユエルといっても、さすがに駄目《だめ》かもしれない。

「っ……。ほ、本当、ですか？」

パッと顔を上げるユエル。

その瞳は充血し、涙が零《こぼ》れる。けれど、泣き止んだ。

……いけるかもしれない。さすがに騙されやすすぎて、少し複雑な気分ではあるけれど。

「も、もちろん本当だよユエルちゃん！」

「う、嘘なんてつくわけないじゃないか！」

しかし、ここは誤魔化《ごまか》すしか方法がない。

「……ほ、本当に、本当ですか？」

俺たちの言葉を聞いて、ユエルが縋《すが》るような目で俺を見る。

その視線からは真実を知りたい、というユエルの意思が伝わってくるようだ。

ざ、罪悪感《ざいあく》が……。

しかし、ここで「実は肉欲に任せてルルカの胸を揉《も》みしだいていた」なんて言えば、ユエルのメンタルがどうなるかわからない。

そう、これは優しい嘘。ユエルを傷つけないための、優しい嘘だ。

罪悪感《ざいあく》に耐えながらも、目を逸《そ》らしたくなる衝動を必死に抑える。そして、やましいことなんて何もない、とばかりに可能な限りの優しい表情を作る。

「ほら、ユエル。ルルカの胸元をよく見てみろ。もう傷がないだろう？　俺が治したからだよ……な？」

ルルカが怪我《けが》をしていたのは肩であって、胸ではなかった。

それにそもそも、そこに傷がないからといって、それが難しい治療《ちりょう》をこなした証拠になんてなりはしない。

けれど、人を信じやすいユエルの性格。今まで積み上げてきた俺への信頼感。嘘を肯定してくれる、ルルカという協力者。

これがあれば……、

「っ……！　よ、よかったです……よかった、です……」

ユエルが駆け寄り、椅子に座る俺の腕を抱きしめる。

繋がった。首の皮一枚からの大逆転である。

ユエルを騙し切った。ぐすぐすとまだ泣いてはいるが、これはきっと安心したからだろう。

多分、もう大丈夫だ。

「ルルカ、治療《ちりょう》費はいらないから。俺たち、今日はもう帰るよ」

まだ日も沈んでいない。少し早いけれど、さすがにもう飲んだくれるような雰囲気ではない。ユエルは早めに寝かせてしまった方が良いだろう。

一晩寝て、明日になればきっと元気なユエルに戻ってくれるはずだ。

席を立つと同時、下を向いたルルカが何かを呟《つぶや》いた。けれど、俺にはその言葉を聞きとることができなかった。

宿についた頃には、ユエルは完全に泣き止んでいた。

しかし――

「明日は迷宮の八階層にでもいってみようか、ユエル」

「はい……」

「あ、あー、メンバーを集めてボス部屋に行ってみるのも良いかもしれないな、ボスのレアドロップはかなり高価らしいし。エイトたちに知り合いの冒険者でも紹介してもらってさ」

「そう、ですね……」

迷宮から離れた立地の安宿。

客の少ないこの安宿は、まだ夕方だというのに静寂《せいじゃく》に包まれていた。

開け放たれた木窓からは夕日が差し、ベッドに腰掛けるユエルの顔を赤く照らす。そのユエルの表情は、暗い。

その後ユエルはずっと、何かを考え込んでいるようだった。もしかして、嘘がバレてしまったんだろうか。

あれだけ拙《つたな》い嘘だ。落ち着いて考え直して、嘘だと見抜いてしまったのかもしれない。

……とりあえず、ジャブを打ってみよう。

「ユエル、どうかしたのか？」

曖昧《あいまい》な言葉。けれど、ユエルはそれに反応する。

「……ずっと、痛いんです」

ポツリ、とユエルが呟《つぶや》くように言った。

「痛い？　大変じゃないか！　エクスヒール！」

治癒《ちゆ》魔法の光が、ユエルの全身を覆う。たっぷりと魔力を込めた、渾身《こんしん》のエクスヒールだ。

たとえどんな難病であったとしても一発で全快するだろう。

「……駄目《だめ》、みたいです。ご主人様とルルカさんが一緒にいるのを見てから、ずっと痛いんです。あれが治療《ちりょう》のためだったっていうのはわかっているんですけど、胸が、苦しくって」

……あ、それは治癒《ちゆ》魔法では治せないです。それにしても、嘘がバレてはいないのか。本当にユエルの将来が心配だ。

「えーっと、それは……」

嫉妬《しっと》、いや、不安だろうか。

「ご主人様、この苦しいのは、何が原因なんでしょうか。ご主人様の治癒《ちゆ》魔法でも治らないなんて、私、へんになっちゃったんでしょうか」

ユエルが好意を持ってくれているのは、もうどう見ても明らかだ。

それが親に対するようなものであれ、異性に対するようなものであれ、その相手が他の女性の胸を揉《も》みしだいた光景は、なかなか刺激が強かったのだろう。

「ご主人様、私にも〝しょくしん〟してみてくれませんか？」

そう言って――シャツを捲《めく》り始めるユエル。

「駄目《だめ》、ですか？」

上目遣いで。シャツを胸の上まで捲り上げ、薄い褐色《かっしょく》の肌を露出させる。もうその肌を隠すのは、長い銀髪だけだ。

「い、いや……」

駄目《だめ》というかなんというか。ユエルのそれは精神的な問題であって、ユエルの胸をいじっても病気を発見することは絶対にできない。

そう、解決にはならない。けれど――

ユエルの目は明らかに不安に揺れている。きっとこれには、ユエルの、自分の魅力に対する不安も混じっているのだろう。ここで拒絶してしまったら、ユエルのメンタルがマイナスに振り切れてしまうかもしれない。そんな予感を感じさせる瞳だった。

……やるしか、ない。

そう、これは医療行為。たとえ医療行為だと認められなかったとしても、情緒不安定なユエルに対するカウンセリングみたいなものだ。

いかがわしい行為ではない。決していかがわしい行為ではない。

ユエルの精神を守るために、必要なことなのだ。

そして、ユエルの胸元に手を伸ばそうとしたところで——

——とある単語が脳裏《のうり》を過る。

(お医者さんごっこ)

スッと、頭のどこかが冷静になる。そして、自分を俯瞰《ふかん》する視点が脳内に現れる。

幼稚園児の頃、近所のエリちゃんとやった、あのごっこ遊び。子供同士ならば微笑《ほほえ》ましいだけだったが、片方が大人になるだけで、ここまで背徳《はいとく》的な雰囲気に変わってしまうのか。

視界には、小柄な体躯《たいく》のユエルがいる。そして、その身体に伸ばされようとしているのは、大きな大人の手。

このまま手を動かせば、きっとユエルを一時的に安心させることはできるだろう。

けれど、やっぱり駄目《だめ》だ。駄目《だめ》だろう、これは。……人として駄目《だめ》な一線を越えてしまう気がする。

それに、これから何かあるたびに胸の触診を求められれば、俺の理性がどうなってしまうかわからない。最近のユエルは、肉付きが改善されつつあるのだ。

俺はユエルにはにかむ笑顔を向けて欲しいだけであって、今そういう関係になりたいわけではない。

一線を引くことは必要だ。それに、ユエルはまだまだ子供。依存と恋愛の区別がつくような年齢ではない。

依存であれば、ただ安心させてやれば良い。恋愛だとしても……やはりまだ早いだろう。

別の方法を考えよう。

ユエルの胸に伸ばしていた手を、ユエルの背中に回す。

触診の代わりに、抱き締めて頭を撫《な》でる。いつも、迷宮探索《たんさく》中にやっていることだ。

「俺が前に、ユエルにずっと一緒にいて欲しいと言ったのは、本当だ。安心して欲しい」

ユエルは何も言わない。抱きしめているから、表情も見えない。

無言で、されるがままになっている。それでも、撫《な》で続ける。

今までだって、撫でればなんとかなってきた。今回もきっと、なんとかなるはずだ。

……そうして撫で続けていると、ふと、ユエルが口を開いた。

「……ご主人様は、私が頑張ったから、プレゼントをくれるって言いましたよね。もっともっと頑張ったら、その時は……ご褒美《ほうび》、くれますか?」

「……あぁ」

ご褒美《ほうび》、というのが何を指すのかが気になるが、拒絶できる雰囲気ではない。頷《うなず》いておく。それに、曖昧《あいまい》な先送りは大歓迎だ。

そして、俺の言葉を聞いたユエルは、俺から離れ……。

「もう大丈夫です。おやすみなさい、ご主人様」

はにかむように笑って、そう言った。


ふと、目が覚めた。辺りはまだ暗い。

明かりらしい明かりは、窓から差し込む月明かりだけだ。

まだ、早朝にすらなっていない深夜ということだろう。

昨日、早く寝すぎたせいか、変な時間に目覚めてしまったようだ。

トイレにでも行くか。体を起こし——そして、気づいた。


ユエルがいない。

第7話　ボス部屋へ

空っぽのベッド。

寝息すら聞こえない、無音の部屋。

そこにいるはずのユエルが、いない。

時刻は深夜。窓からは薄っすらと月明かりが差し込むだけだ。夜明けはまだまだ先だろう。

こんな時間に、いったいどこへ――

――ふと、昨日の不安に揺れたユエルの表情が思い浮かんだ。

嫌な予感。何か良くないことが起こっているような、そんな胸騒ぎがする。

……いや、ただトイレに起きただけかもしれない。

まずは、確認するべきだ。宿の一階まで降り、トイレのドアをノックする。

返事はない。

――もっともっと頑張ったら、その時は……。

昨日のユエルの言葉が蘇る。

頑張る……迷宮探索《たんさく》を、という意味だろうか。もしかして、こんな時間に迷宮に行ったのか。

たった、一人で。

いや、まさか。

俺が寝ている間に迷宮に潜るなんて、いくらなんでもユエルがそんなことをするだろうか。俺に許可を求めるぐらいはしてもいいはずだ。……それとも、それをできなくしてしまうほど、俺はユエルを追い詰めてしまっていたのだろうか。

もし、もしも迷宮に行ったとするならば。ユエルなら、七階層までは一人でもなんとかなるだろう。

むしろ、一人の方が良いくらいかもしれない。でも、「もっと頑張る」というのが、今まで以上の成果を出すという意味なら……。

――ユエルが、ボス部屋に向かっていたら。

ボスのレアドロップは、ユエルが俺に示すのに、わかりやすい大きな成果なのではないだろうか。

それならば、まずい。

ユエルでは、ボスに勝てない。ヒュージスライムは直径三メートルの巨体。対して、ユエルの武器は二、三〇センチのナイフ。いくらユエルが俊敏で、ナイフの扱いがうまいからとは言っても、その体は子供のものだ。

あんな小さなナイフで少しずつ巨体を削るとして、いったいどれほどの時間がかかるのだろうか。

長時間の戦闘になって、回避《かいひ》に攻撃にと動き回り疲労を溜めて、疲れ果てて動きが鈍ったところをヒュージスライムに潰される。

そんなイメージが――

想像するだけで、動悸《どうき》が激しくなる。

探さなければ。ユエルは一人でボス部屋に向かっているかもしれないのだ。昨日ユエルは、もう大丈夫だと言っていた。そして最後には、笑っていた。

もしかしたら、迷宮になんて潜ってないかもしれない。今夜は月が綺麗《きれい》だから、散歩でもしているのかもしれない。

でも、だけど――

どうしても、じっとしていられない。


「はぁっ……はっ……」

迷宮へと繋がる大通りを走る。

静かな街中、まだまだ迷宮へは遠い。ユエルが本当に迷宮に行ったのか、確証はない。

けれど、昨日の会話を考えれば、迷宮に行ったと考えるべきだ。

ふと前を見れば、酔っ払いが道に座り込んでいた。もしかしたら、ユエルを見ているかもしれない。

「っ……おい、あんた、これぐらいの、ダークエルフの女の子を見なかったか？」

見たと言って欲しい。そして、迷宮には行ってないと、そう言って欲しい。

そうすれば、俺はこのまま宿に帰って、ユエルを待つことができる。

この湧き上がる焦燥感《しょうそう》を、消すことができる。

「あぁ？」

「教えてくれ。見たのか？　見てないのか？」

「……そりゃあ、見たけど」

「っ……！　どれくらい前だ？　どこに行ったかわかるか？」

早く教えてくれ。つい、酔っ払いの肩を強く掴んでしまう。

「な、なんなんだよあんた。あっ、あっちに行ったよ。一〇分ぐらい前に！」

酔っ払いが、俺の腕を払いのけてそのまま指で方向を示す。……その指先は、街の中心、迷宮の方向を指していた。


ぼんやりと光る迷宮の壁。

壁に照らされた最短ルートを示す杭《くい》を頼りに、迷宮をひた走る。通路を進むと、すぐにファングラビットが一匹見えた。ファングラビットは素早い。逃げても追いつかれるだろう。

駆け寄り、メイスを振り下ろす。

「っ……！」

軽々と躱《かわ》された。

そして、腕に鋭い痛みが走る。見れば、ファングラビットが右腕に噛み付いていた。服は破れ、そこから血が滲《にじ》む。

引き剥《は》がそうにも、ファングラビットの顎《あご》は腕にがっちりと食い込み剥がれない。腕を振っても、顎《あご》を左腕で開こうとしても駄目《だめ》だった。

「くそっ……！」

こんなところで、一階層なんかで時間を浪費するわけにはいかないのに。

――早くしないと、ユエルがボス部屋に……。

腕ごと、ファングラビットを壁に叩きつける。

「あっぐぅっ……！」

叩きつけるたび、ファングラビットの牙がさらに食い込む。

刺すような鋭い痛みから、腕全体への重く鈍い、どこか気持ち悪い痛みへと変わっていく。

けれど、これは治る。治る怪我《けが》だ。

自分に言い聞かせながら、叩きつける力を強くする。

何度目かの打撃で、ファングラビットは光になって消えた。

「はっ……はぁっ……」

ユエルがいないと、ファングラビットにすら苦戦してしまうのか。

いったん戻って、誰かに協力してもらうべきか。いや、今は深夜だ。

話をすればすぐに応じてくれそうなルルカやエイトたちの宿を俺は知らない。

冒険者ギルドにも、ほとんど人がいなかった。

それに、見ず知らずの他人と交渉するにしても時間がかかる。相手に即座にイエスと言わせるような大金を持っているわけでもない。

今ユエルが向かっているボス部屋は、一度入るとボスを倒すまでは出られない。つまり、ユエルがボス部屋に辿り着く前に、俺はユエルを止めなければならない。

「このまま行くしか、ない」

魔物を倒す必要はない。走り抜けるだけで良いのだ。

それに、俺には治癒《ちゆ》魔法がある。即死さえしなければ……治せる。すぐにユエルに追いついて、後は一緒に戻れば良い。時間が経てば経つほど、ユエルは迷宮の奥に行ってしまうだろう。

今ここで戻るわけにはいかない。

走って、走って、走る。噛《か》みつかれて、壁に叩きつけて、走り続けて。

やっと二階層への階段が見えた。

けれど、ユエルには、まだ追いつけない。

二階層、三階層と、無心で走った。

正規ルートは魔物が少ないが、それでも出るものは出る。

ソルトパペットを無視して走った。

ゴブリンに刺されても走った。

グリーンイビーの殴打《おうだ》に耐えて走った。

ビッグチックに跳ね飛ばされても走った。

痛かった、死ぬかもしれないと何度も思った。

ゴブリンに囲まれ、ビッグチックに追いかけられ、逃げて、メイスで迎え討って、どうにか走り続けた。

引き返したいと思った。

宿で寝ていたい、酒場で飲んだくれていたい。

でも、今戻ったら、ユエルはボス部屋に行ってしまう。

それを知っていて戻れるほど、俺のハートはタフじゃない。

まだ、間に合うはずだ。

杭《くい》を追って、走りながら通路を曲がる。

そして、急にバランスが崩れた。ふわりと体が浮く。

走る勢いのままに、頭から地面に叩きつけられる。

地面の起伏が頬《ほほ》を削り、血が流れる。

立ち上がろうと手をつくと、その手がぬるりと滑った。

いったい、何が――

振り向くと、血にまみれ、何かを咀嚼《そしゃく》するジャイアントアントがいた。

その口には、茶色い皮の靴。

……あれは、俺の……足？

気づけば、右足の膝《ひざ》から下がなかった。

赤。

思考が真っ赤に染まっていく。やられた。

痛い、熱い。気持ち悪い。

通路の陰にいたのに、気づかなかった。

血がどくどくと流れ続ける。

ジャイアントアントが寄ってきた。血に濡れた大顎《おおあご》が、ガチガチ、ガチガチと音を立てる。

足に治癒《ちゆ》魔法をかけようと意識を集中させる――と、衝撃。

体が宙に浮く感覚、次の瞬間には、壁に叩きつけられていた。

視界には、二体のジャイアントアント。

もう一体、いた。

やられた。

治せば、治せば良い。

けれど、頭が揺さぶられたせいか、思考がまとまらない。どうやって治癒《ちゆ》魔法を発動すればいいかがわからない。

激しい痛みと出血で、意識が薄れ始める。

朦朧《もうろう》とした意識の中、この世界に来てからのことが浮かんでは消えていく。

通り魔に襲われたと思ったら、突然まったく知らない土地にいた。

俺には雪をしのげる宿も、温かい食事も、それを買う金もなかった。

街でエリスを見掛け、打算と下心から治療院《ちりょういん》で働こうと思った。

エリスは女一人で暮らしている治療院《ちりょういん》に、男である俺を受け入れてくれた。

きっと当時の俺は、それを無視して良いと思えるほどに、惨《みじ》めだったんだろう。

そしてエリスは宿を、常識を、仕事をくれた。

俺はまだ何も恩を返せていない、俺はエリスを怒らせたままだ。

何かしてあげられれば良かった。もう顔を見せるなとまで言われてしまっているけれど。

追い出されてから、生活するためにユエルを買った。

慕われて、笑顔を向けられて、癒された。

そうだ、ユエル。ユエルだ。

ユエルが今、ボス部屋に行こうとしている。

俺が行かなかったら……ユエルは死ぬかもしれない。

ヒュージスライムの巨体に押しつぶされて。疲労困憊《ひろうこんぱい》したところを跳ね飛ばされて。

あの笑顔が、見れなくなるかもしれない。

行かないと。

でも足がない。

治さないと。

散り散りになる意識を必死でかき集め、イメージする、魔法を形にしていく。

「――エクスヒールッ……!」

治癒《ちゆ》魔法の光とともに、ボコボコと、肉が盛り上がるように足が生えていく。

心地良い暖かさが、痛みを和らげる。

急いでジャイアントアントから離れると、ついさっきまで左足があった場所で、ガチリとジャイアントアントの大顎《おおあご》が閉じられた。

そして走り続ける。まだ、追いつけない。


この階段を降りたら、七階層だ。

もう、ユエルは七階層に行ってしまったのだろうか。

服はすでに血で真っ赤に染まり、ところどころ破け穴だらけになってしまっている。

ユエルに追いつくために、魔物を無視して走り続けた結果だ。まだ追いつけるかもしれない。

もう目と鼻の先に、ユエルがいるかもしれない。

体当たりしてくるスライムを避けて、走る。

階層の中心に向かって、ひた走る。

――そして、ついに俺はボス部屋に辿り着いた。

辿り着いてしまった。

ユエルに追いつくことなく、辿り着いてしまった。

間に合わなかったのか。

いや、ボス部屋の中に入れば、まさに今ユエルが戦闘をしている真っ最中かもしれない。

飾り気のない迷宮では目立つ、豪奢《ごうしゃ》な装飾のついた大扉。

この扉を開けて、今、中に入れば……。

「あれ、シキか？　……って！　どうしたんだよ、血まみれじゃないか！」

「なんだよ、ボロボロじゃねぇか。大丈夫か？」

――突然、後ろから声をかけられた。

エイトとゲイザーだ。

隣を見れば、他にも数人の冒険者がいた。

魔法使い風の男もいる。七階層には、泊まり込みのパーティーが多い。

その臨時パーティーか、助かった。これなら、いける。

「エイト、ゲイザー！　起きたらユエルがいなくて……ユエルが、ユエルがボスと戦ってるかもしれないんだ！」

俺の言葉に、エイトは驚愕の表情だ。

そしてゲイザーは……何言ってんだこいつ、という表情を浮かべて――

「シキ、ユエルちゃんなら、今の時間は酒場だろ？」

こんなふざけたことを言い出した。

「はぁ!?」

「だから、ユエルちゃんなら酒場だろ？　なんだ、忘れちまったのか？」

意味がわからない。

「え、何、どういうことだよ。忘れたっていうか、そもそもそんな話、聞いてないんだけど」

「ほら、あん時だよ。赤竜殺しを飲んだ時によ、ユエルちゃんがお前にプレゼントを贈りたいから、自分で使える金が欲しいって言っただろ？　でも、それでお前に迷惑をかけたくないから、お前が寝ている間に働くって言って、それにお前が頑張れよって言ったんじゃねーか。すげぇ健気《けなげ》な子だよなぁ。あ、ちなみに酒場で働けば良いって言ったのは俺な」

そんなこと言ってたのかよ。

酔っ払いが見かけたのも、迷宮じゃなくて、「迷宮と同じ方向にある酒場」に向かうユエルだったんだろう。

ふっと、体から力が抜ける。

……なんだよ、俺の勘違いか。

何度も痛い思いをして、何度も死にかけて。

ただの早とちりか。いや、でも、良かった。

ボス部屋に、ユエルは行っていない。

ここまで無我夢中で迷宮を走りぬけたが、どうやらユエルは、俺の中でだいぶ大きな存在になっていたらしい。

地上に帰れば、またあの純粋な笑顔を見ることができる。今はそのことが、凄《すご》く嬉しい。

徒労ではあったが、ユエルが無事で本当に良かった。これで安心して戻ることが――

……いや、ちがう。駄目《だめ》だ。

「あ、あの、エイトさん、ゲイザーさん」

「どうしたんだよ、改まって」

「…………地上まで、送ってください」

迷宮の出口。

エイトたちのパーティーは次回の探索《たんさく》に付き添うことを条件に、俺を地上まで送り届けてくれた。

「あの、本日はありがとうございました……」

俺を送り届けたために、エイトたちの狩りは中断。

あと一時間もすれば夜が明けるような、そんな中途半端な時間に、である。

早とちりで一人迷宮に潜って戻れなくなった挙句《あげく》、帰り道の護衛までしてもらうなんて。

……俺は木に登って降りられなくなった猫か何かかと。

「まぁ、たまにはこんなこともあるさ、気にするなよ」

「次の探索《たんさく》をシキが手伝ってくれりゃ、それで構わねぇからよ」

……優しさが痛い。

髪は血で固まり、全身血まみれ。靴《くつ》は片方が脱げ、服は穴だらけ。今の俺の姿はまさにボロ雑巾《ぞうきん》だ。

ユエルの無事に安心したら、今度は虚しくなってきた。

「……あぁ、いつでも呼んでくれよ」

服は一着駄目《だめ》にする、靴は失くす。

完全に赤字だ、まさに徒労と言えるだろう。

「ほら、それに、女のためにボロボロになるまで頑張るなんて、格好良いじゃないか。なぁゲイザー?」

エイトの暖かいフォローが心に染みる。これが友情だろうか。

「……ただの勘違いだったけどな、ぶはっ、はははははは‼」

「ちょっ、ゲイザー、笑ってやるなよ。……くっ……いや、か、格好良かったよ、本当……っ……」

これが友……。

「ぶふっ、うははははは‼」

「くくっ……ふはっ……」

これが……。

構わず爆笑するゲイザー、顔を背け声を殺しながらも笑い始めるエイト。

笑い声は段々と大きくなり、エイトたち以外の冒険者も笑いだす。

……こいつら、殴りたい。

けれど、俺はわざわざ狩りを中断してまで護衛してもらった身。

感謝こそすれ、殴るだなんてもってのほかである。

いや、まぁ、殴りかかったところで返り討ちにされるだけなんだけど。

つまり、今の俺には拳を握りしめ、プルプル震えることぐらいしかできないのである。

……お、覚えてろよ。

エイトたちも今日はもう探索《たんさく》を続けるつもりはないらしく、冒険者ギルドで解散、ということになった。すぐにでもユエルの無事を確認したい気持ちもあったが、こんな格好で酒場に行くわけにはいかない。

まずは着替えるために宿に向かう。

正直、すぐにでも公衆浴場に行きたいところだが、この時間ではまだ開いてないだろう。

そして、宿に入ると――

――受付で頬杖《ほおづえ》をつき、眠たげに入口を見つめる黒髪で一六歳ぐらいの女の子がいた。

「え、ちょっと、血⁉ だ、大丈夫ですかぁ⁉」

この宿の看板娘、胸チラさんである。

なぜ胸チラさんと呼ぶか、よく胸チラするから、胸チラさんだ。

いつも胸元の緩い服を着て、頬杖《ほおづえ》をつきながら受付で寝ている彼女。

しかも、彼女は貧乳である。頬杖《ほおづえ》という若干前かがみな姿勢、胸元の緩い柔らかそうな生地の服、そして貧乳、浮く下着。

名前を教えてもらってないこともあり、そうして彼女の名前は俺の中で胸チラさんになった。

この宿は立地があまりよろしくないためか、客が少ない。それに、料理を提供するような酒場が併設されているわけでもない。基本的にはベッドとトイレがあるだけの寂しい宿だ。

そんな宿を俺が愛用し続ける理由。それが、この胸チラさんである。いや、まぁ料金が安い、というのもかなりの割合ではあるのだけれど。

いつもなら寝ている間にじっくり眺《なが》め、満足してから声をかけるところなのだが、今日はもう起きていたらしい。早起きだ。

勤勉《きんべん》なのか怠惰《たいだ》なのか、よくわからない子である。天然っぽい。

「あー、怪我《けが》はもう治ってるから大丈夫だよ。悪いんだけど、水もらえるかな、できれば大量に」

血まみれの服を触りながら言う。

血はすでにほとんど乾いてしまっているが、もうこの服は駄目《だめ》だろう。

穴だらけだし。

「だ、大丈夫なんですかぁ？　えっと、それじゃあ、すぐに持っていくんで、部屋で待っててくださいねー」

「また後で持ってきますから、零《こぼ》さないようにだけ気をつけてくださいねー」

わざわざ部屋に水の入ったタライを持ってきてくれた胸チラさんに礼を言う。

服を脱ぐ。

さすがにもうこの服は着れない。諦《あきら》めて捨ててしまおう。

ひとまずアイテムボックスにしまい、体を拭くため、まずは手拭いを水に沈める。

そして――

――勢いよく、扉が開かれる音が聞こえた。

「ご主人様⁉」

部屋の扉に目を向ければ、肩で息をするウェイトレスの制服を着たユエルがいた。

……思っていたよりスカートの丈が短い。

いや、違う。まずい。

ゲイザーに聞いていたより早い。ユエルは夜明けぐらいまで酒場で働いている、という話だったんだけれど。

俺の勝手な勘違いとはいえ、ユエルを探しに迷宮に潜って、ご主人様がボロ雑巾《ぞうきん》になった。これをユエルはどう思うだろうか。私のせいでご主人様が……なんて方向に行ったら最悪である。

「怪我《けが》は、怪我《けが》はありませんか⁉」

ユエルが血まみれの俺を見て、悲しげな顔で駆け寄ってくる。

「これは、あー、えっと」

どうやって誤魔化《ごまか》したものか。

全部返り血さ、とでも言えば格好いいような気もするが、それはそれで心配されそうな気もする。

「ゲイザーさんたちが酒場で話してました。ご主人様が私を探しに、一人で迷宮に潜ったって」

……もうバレてましたか。

しばらくはネタにされるだろうな、とは思っていたが、早速酒場で酒の肴《さかな》にするなんて、俺は本当に良い友人を持ったようだ。覚えてろよ。

「ごめんなさい。わた、私……」

俯《うつむ》くユエル。今回、ユエルに非はまったくない。俺が勘違いして、俺が怪我《けが》をしただけだ。

罪悪《ざいあく》感がふつふつとわいてくる。

「今回は俺が勘違いしただけだ。ユエルは何も悪くないよ」

「で、でも……」

「ユエルも、俺も無事で良かった。これで良いじゃないか」

「……そう、ですね」

沈黙。

ユエルは思うところがあるのかないのか、下を向いて黙ってしまった。

なんだろう、気まずい。仕方なく、手拭いを水に浸し、体を拭き始める。

「ご主人様。私もお手伝いします」

アイテムボックスから自分の手拭いを取り出し、水に漬け始めるユエル。でもユエルはウェイトレスの制服姿だ。

「制服が汚れるだろ？　自分でやるから大丈夫だよ」

「あ、そうですね、脱ぎます」

……そういう意味で言ったわけではないんですけれど。シュルリ、シュルリと衣擦《きぬず》れの音が鳴る。流れるようにコルセットを外し、スカートを脱ぎ、シャツを脱ぎ、肌着を脱ぐ。

パンツ一枚になったユエル。

慌てて俺は背中を向ける。

……肌着ぐらいは着ていても良いと思うんですけど。なんだか少し嫌な予感がする。

「ほ、ほら、一人でできるからさ」

「背中も血でべとべとです。しっかり拭かないと、服に移ってしまいます」

確かに。

「ユエル、でも、服は着た方が良いんじゃないか？」

「汚れてしまいますから」

確かに。確かにそのとおりなので反論できない。

しかし、これは問題だ。下着姿、しかも下しか穿《は》いていない少女に背中を拭かれている。

ユエルを買った初日も似たような感じだっただろうか。

あの時は、ユエルの痩《や》せっぷりにばかり眼がいって、あまり意識していなかった気がする。

しかし、あの時と比べてユエルはだいぶ女の子らしくなっている。肉がつき、血色が良くなり、ぷにぷにしている。

見てはいけない。

もし、もしも。

万が一にでもアレがアレしてしまったならば、ユエルにお手伝いされてしまうかもしれない。できるだけユエルを見ないように、体を拭く。お互いに無言だ。髪を洗い、肩を拭き、腕を拭く。

そして、背中を拭き終わると――

「……ご主人様、ありがとうございます」

突然、背中に熱を感じた。ユエルが、後ろから抱きついてきたのだ。

上半身裸で。

しっとりとした肌を、子供らしいわずかな膨らみを、直に感じる。

「私、ご主人様が一人で迷宮に行ったたって聞いて、びっくりしました」

そのままキュッと、腰を抱きしめられる。ユエルはきっと、これを狙ってやっているわけではないのだろう。その証拠に、ユエルの声は真剣そのものだ。

「でも、さっきご主人様を見て、悲しかったですけど、凄《すご》く嬉しかったんです。私はご主人様に大切にされているって、わかって」

……徒労だった、と思っていたが、案外そうでもなかったのかもしれない。

言葉では何度も優しい言葉をかけていたつもりだったけれど、やはり言葉は言葉でしかない。

ユエルは自分がどうなるのか、捨てられたり、売られたりしないかという不安もあったのだろう。血まみれになってでもユエルを探しに行ったことが、もしかすれば自信になったのかもしれない。

少し不安定気味だったユエルのメンタルも、これで落ち着くだろうか。

良かった、本当に良かった。

……良かったのだけれど、この体勢はどうにかならないだろうか。

凄く真面目な話をしているのに、背中に触れる色々が気になって仕方がない。けれど、ユエルは一向に離れる気配がない。

まずい、色々とまずい。

こんな状態で無言になられると、なんとも言えない空気になってしまう。

「そ、そういえば、酒場はどうだ？」

「優しい人がたくさんいました。先輩のウェイトレスさんも、今日できた後輩さんも、みんな優しくて、楽しいです。これもご主人様のおかげです！」

それはユエルさんの人柄のおかげじゃないでしょうか。あまり俺は関係ないような気がする。

なんだかそのうち何をするにも俺のおかげです、とか言い出しそうだ。なんだか尊敬というより、信仰に近いものを感じる。

「そ、そういえば、どれぐらい働いているんだ？」

これは聞かなければいけない内容だ。ユエルは俺が寝ている時間に働いていると言っていた。

つまり、ユエル自身がまともに寝ていない可能性が高い。

「えっと、人手はいつも足りてないらしいので、いつ来てくれても良いとは言われてます。今日は夜明け前の四時間ぐらいでした」

これはどうだろう。夜明けが朝の五時だとすれば、深夜の一時から働いていたことになる。

諸々《もろもろ》の準備もあるだろうから、深夜の十二時には起きていないといけないだろう。

昨日は夕方のうちに寝ていたから、六時間はギリギリ寝ているぐらいだろうか。

しかし普段なら、ほとんど眠れていなさそうだ。

でも、嬉しそうな声で酒場の話をするユエルを見ていると、辞めろだなんてとても言えない。

一度は俺が許可したことでもあるわけだし……。

うーん、どうするべきか。

「あのさ、働く時間を変えないか？　例えば夕方とかさ。俺もだいたい酒場にいる時間だし」

「それだと、ご主人様と一緒にいられません」

「……でも、今のままだとあまり眠れてないんじゃないか？」

俯《うつむ》くユエル、やはり眠る時間はないようだ。

「ユエル、さっきの制服だけど、凄《すご》く似合ってたよ。俺はユエルがあの制服を着て働いているところを見たいんだ。でも、深夜だと俺は見れないだろう？」

「に、似合ってる……ですか？」

俺から離れ、ウェイトレスの制服を着始めるユエル。……や、やっと離れてくれた。

「あぁ、今日までユエルにはスカートをプレゼントしようと思っていたぐらいだからな。でも、夕方の酒場でそのスカートで働いている姿を見れるなら、他に何かユエルの欲しいものを買ってあげても良いかな、なんて」

「ほ、欲しいもの……ですか？　……えっと、酒場のマスターに相談してみますね」

正直、ユエルは何を渡しても喜びそうで、逆に選びにくい。

とはいえ、あまり自分から何が欲しい、とは言わないユエルさんである。今回のような機会は、活用するべきだろう。正直、今日はもう迷宮に潜る気も起きないから、買い物だけで一日潰しても良い。

そんなことを考えていると、コンコンと、扉をノックする音が聞こえた。

「追加の水置いておくのでー、使ったら下に持ってくるか、部屋にそのまま置いておいてくださいー」

宿の看板娘、胸チラさんの声が聞こえた。そして、その声で、ユエルに気づかれてしまった。まだ、上半身しか拭いていないことに。

「下も、お手伝いしますね」

「…………自分でやるから」

その後、なんとかユエルのお手伝いを阻止しつつ、こびりついた血を洗い落とした俺は、酒場に向かった。

ユエルの勤務時間を夕方にできないか、酒場のマスターに相談するためである。

そしてその結果——

「できればあと一週間ほど深夜の時間で働いてくれると嬉しいんだけど、駄目《だめ》かな？」

と、疲労の浮かぶ表情で言われてしまった。

酒場のマスターの見た目はオールバックで細身、渋い雰囲気がなかなか格好良い中年男性である。

けれど、今日は違う。疲れに淀《よど》んだ瞳と深いクマが、それを台無しにしてしまっている。ずいぶんお疲れのご様子だ。

「時間帯の変更は柔軟《じゅうなん》にやっていきたいところなんだけれど、最近、結婚だとか引っ越しだとかで一気に何人も辞めてしまってね。人手不足なんだよ、特に深夜はね」

「確かに、疲れた顔してるな」

マスターが寝る間もないほどに働いているということは、顔のクマを見ればよくわかる。

飲食店の経営で人員が不足し、その穴を埋めるため昼夜を問わず社員が働く。日本でもわりとよく聞いた話だ。

「ん？　あぁ、このクマは昨日、妻にＳＭプレイを頼んだら一晩中無理な姿勢で緊縛《きんばく》されて眠れなかっただけで、関係はないんだけどね」

ただのド変態だったようだ。

渋い雰囲気なのに、笑いながらそんなことを言い出すマスター。なんだか、こんな男がマスターをしている酒場にユエルを預けていいのか心配になってきた。もう辞めさせるべきだろうか。

いや、でもこの酒場でマスターがウェイトレスに手を出しているという話は聞かないし、何よりユエル自身この酒場で働きたがっている。

それにこのマスターは妻帯者《さいたいしゃ》だ、きっと大丈夫なんだろう。ＳＭプレイってなんですか、と聞いてくるユエルの頭を撫《な》でて、誤魔化《ごまか》しながら会話を続ける。

「新しいウェイトレスの募集はしてないのか？」

「してはいるんだけどね、なかなか来ないんだよ」

「でも、この酒場ってけっこう良い給料出してるんだろう？　街の女の子が殺到しそうなもんだけどな」

この酒場はかわいいウェイトレスが多い。

というか、かわいいウェイトレスしかいない。それを維持《いじ》するために、この酒場は相当時給が高い、という話を小耳に挟んだことがある。

「今日は一〇〇〇ゼニーもらえました！」

満面の笑みのユエル。

なんだか孫にお小遣いをあげたがる祖父母の気持ちがわかった気がした。

良かったな、と頭を撫でておく。

しかし、数時間で一〇〇〇ゼニーか。

やはり、ずいぶんと高い。

「あぁ、殺到してはいるんだよ。でもね、かわいい子がなかなかいないんだ。一応ユエルちゃんともう一人、良い子はいたんだけどね。まだ人手が足りないんだよ。……かわいい女の子に囲まれて働くのが、僕の夢だったからさ、これだけは妥協したくないんだ」

これは男として格好良いと言えば良いのか、それともふざけてんのかと叫べば良いのか。

まぁ、酒場の方針としては間違ってはいないのだろうが。俺だってかわいいミニスカウェイトレス目当てに、前から通っているわけだし。だが、間違っても妻帯した中年の言う台詞《せりふ》ではない。

「一週間だけで良いんだ、駄目《だめ》かな？」

どうしよう。

無料で治療院《ちりょういん》なんてやらせてもらっている手前、断りにくい。少し生活リズムをズラせばなんとかなるだろうか。

昨日のように夕方あたりで酒場から引き上げ、早めに寝る、という風にすれば、ユエルの睡眠時間は確保できる。

「私は大丈夫です！」

ユエルもやる気だ。

仕方がない、このままでやってもらおうか。

一週間だけという話だし。

そのまま酒場で朝食をとりながら、この後の予定を考える。

いつもなら迷宮に潜るところだが、正直、今日はもう迷宮には行きたくない。

特にジャイアントアントの姿は見たくない。心の古傷が疼《うず》いてしまいそうだ。

「今日からはもっと頑張ります！」と意気込むユエルには悪いが、今日は休日にしよう。

とすれば、何をしようか。

そういえば今朝、ユエルは欲しい物があれば買ってあげるという言葉に反応していた。

「今日は買い物に行こうか。欲しいもの、あるんだろ？」

ユエルはやはり買いたい物があったようで、俺が食事をとっている最中に、ウェイトレスさんにお勧めの店なんかを聞いて回っていた。

遠目に見ているだけだが、ずいぶんと仲が良さそうだ。そのうち紹介とかしてくれないだろうか。


「ご主人様、こっちです！」

食事を終え、酒場を後にした俺とユエル。

ユエルが俺の手を引っ張りながら、大通りを進む。

ユエルは心底楽しそうな笑顔を浮かべる。

通り沿いの屋台を無視し、食料品店を無視し、武器屋も名残惜しそうな表情を見せつつも無視し、どんどんと通りを進んでいく。

そして、俺たちはやってきた。

ここ、女性用下着専門店に。

……待って欲しい。

「ユエルが来たかった場所っていうのは、ここなのか？」

「はい、ここです」

ニコニコと笑顔を浮かべながら、ちょっぴり高級感のある店構えの下着専門店を見つめるユエル。どうやら、間違いないらしい。

「ユエル、何でも良いんだぞ？　あんまり高いのは無理だけど、アクセサリーでも良いし、綺《き》麗《れい》な服でも良い。美味《おい》しいお菓子だって良いし、香水でも良い。あぁ、かわいいぬいぐるみとかでも良いな。そう、そうだよ、ここよりもっとユエルに相応《ふさわ》しい所があるんじゃないか？」

「ここが良いんです」

そうですか。正直、入りたくない。店の外からでもはっきりと感じる男子禁制の雰囲気。男の俺が入るのは、場違いにもほどがある場所だ。男で入る奴がいるとすれば、自称女性の方々ぐらいだろう。本当に入りたくない。

店内を少し覗《のぞ》いて見れば、綺麗《きれい》に飾られた色とりどりの下着が目に入る。下着片手に仲睦《なかむつ》まじく会話を交わし合う一〇代二〇代の婦女子《ふじょし》たち。

下着、女性、下着、女性。

入りた………くない。さすがに駄目《だめ》だ、周囲の視線が痛すぎる。

けれど、そんな俺の考えを知ってか知らずか、ユエルは「ご主人様、一緒に選んでください」なんてことを言いながら、腕をぐいぐいと引いて俺を店の中まで連れて行く。

どうする、さすがに女性用下着専門店に男が入り込むのはまずいだろう。

けれど店員は、店に入ってきた俺を見て少し驚いたような顔をしたが、近くにいるユエルを見ると、他の客の対応に戻っていった。

問題ないのだろうか。周囲を見渡しても、店内に男性はいない。

正直追い出されてしまった方が良かったのだが、なぜか見過ごされてしまった。

……そうか。

俺は今、幼い女の子の買い物に付き添う保護者の立場なのか。そう考えれば、何らやましいことはないのかもしれない。それに、俺とユエルなら、親子は無理でも兄妹になら見えないこともない。

そうだ、兄妹だ。幼い妹が下着を買うけれど、一人では買えないから仕方なくついてきましたよ、という感じで行こう。

今、俺の腕を引っ張るのは妹だと考え……ユエルを見る。

薄い褐色《かっしょく》の肌、青い瞳、輝く銀髪、そこから覗くかわいらしいエルフ耳。

無理があった。そもそも、種族が違う。

「ご主人様、あっちを見てきますね」

呼び方も駄目《だめ》だ。どこからどう見ても俺とユエルはご主人様とその奴隷《どれい》にしか見えない。

……いや、でも問題ない。

あくまで保護者として、幼い少女の下着を買うのに付き添っているだけなのだ。

男だ、ということで多少の視線は感じるが、あからさまな軽蔑《けいべつ》の視線は感じない。そう、問題はないはずだ。

「ご主人様、これ、どうですか?」

そんなことを考えていると、ユエルが肌着をひとつ持ってきた。はにかむような笑顔で俺を見上げながら、自分の体にその肌着を合わせる。

綺麗《きれい》なレースで飾り付けられた、シックな紫色の肌着。ネグリジェのような服だ。薄くて柔らかそうな生地で、きっと寝心地も良いのだろう。問題はなさそうだ。

生地が薄すぎてネグリジェの向こう側が完全に透けて見える、ということ以外は。

そう、そのネグリジェは、ユエルの服がはっきりと透けて見えるほどに薄かった。

肌を隠し、体温を保持するという衣服としての役割は、一切期待できなさそうな一品だ。

さすがに風邪をひいてしまうんじゃないでしょうか、ユエルさん。

夜寝る時に着る肌着。いつもは薄手のシャツとズボンを着て俺と一緒に寝ているが、今日からはこれを着て寝る、ということなのだろうか。さすがにそれはまずいんじゃ……。周囲からの視線も、少し厳しくなってきた気がする。

透けるほどに薄いネグリジェを体に合わせ、ニコニコとこちらを見つめる一二歳の少女。

やはり駄目《だめ》だ。周囲の視線が駄目《だめ》だ。

ネグリジェを体に合わせるユエルを見て、周りのご婦人方がヒソヒソしながらこっちを見始めた。

ただでさえ男性客は目立つというのに。

傍から見れば、俺は幼い少女にえげつない下着を着せようとしているロリコンである。せめて子供らしいかぼちゃパンツとかなら、微笑《ほほえ》ましい光景にもなったかもしれないが、ユエルが選んだのは、紛れもなくスケスケレースのネグリジェ。どうしてこんなことに。

「ご主人様、似合いませんか？」

俺が周囲からの視線に耐える間、ユエルはろくな反応を返さない俺に、悲しみを含んだ瞳を向ける。

似合う似合わない以前に、早く棚に戻して欲しい。だが、悲しそうなユエルを放置はできない。

「……それも悪くはないけど、ユエルにはもっと、かわいらしいのが似合うんじゃないかな」

「かわいらしい……ですか？　……えっと、それなら、こっちはどうですか？」

ユエルが、紫色のネグリジェを棚に戻し、その隣のものを手にとる。そして、自分の体に合わせる。かわいらしいピンク色をした、シースルーのネグリジェを。

……色しか変わっていないんですが。

そんなに透けたネグリジェが気に入ったのだろうか。いや、そういえば最初から買うものを決めていたような雰囲気だったような気もする。

「ユエル、なんでそんなに透けたネグリジェが欲しいんだ？」

「えっと、ゲイザーさんがご主人様と仲良くなりたいなら、こういう服を選ぶと良いって――」

「あいつの話はもう聞くな」

結局、透けてない普通のネグリジェを購入しました。

それからというもの。

朝は迷宮に潜り、昼からは酒場でだらだら過ごし、夕方には宿に帰り寝る。その後、深夜から早朝にかけてはユエルが酒場に働きに行く。そんな日常を過ごした。

そして、数日が経った。

最近は酒場で朝食を食べながら、ユエルが酒場であった出来事を話すのが日課になった。

新しく入ったウェイトレスさんと仲良くなっただとか、絡んできたチンピラをそのウェイトレスさんが返り討ちにしただとか。

他にもあのウェイトレスさんは何が好きだとか、休日は何をしているだとか。どんな男の人がタイプで、恋人がいるとかいないとか。

どれも、とても参考になるお話だった。

けれど、どうも今日は少し違うようで……、

「一緒に働いているウェイトレスさんなんですが、お金に困って自分の家を売ることになってしまったんです。宿選びに悩んでいたみたいだったので、私たちの宿を教えてあげました」

少し重めの話だ。今俺たちが泊まっている宿は、一泊五〇〇ゼニー。

風呂こそないが、そこそこ清潔な鍵付きの部屋である。確かに、金欠の女性にお勧めするには良い宿だろう。

「へぇ、ウェイトレスさんも大変なんだな」

「はい。昼間は治療院《ちりょういん》で働いて、深夜も酒場で働いているのに、どうしても借金の返済が間に合わなかったそうです」

経営に困っている治療院《ちりょういん》。

いや、まさかな。

なんだかどこかで聞いたことがあるような話だな。

「……一応聞いておきたいんだけど、そのウェイトレスさんの名前はなんていうんだ？」

「えっと、エリスさんです」

……今、エリスと言っただろうか。

いや、聞き間違いかもしれない。

というよりも、聞き間違いであって欲しい。

「……ごめん、よく聞こえなかった。もう一回言ってくれるか？」

「エリスさん、です」

……どうやら、聞き間違いではなかったようだ。それは、あのエリスなのだろうか。いやいや、エリスなんて良くある名前だ。別人の可能性もある。どこかの治療院《ちりょういん》に別人の、まったく関係のないエリスさんがいたのかもしれない。

「そのエリスさんっていうのは、どんな人なんだ？」

「えっと、金髪の綺麗《きれい》な人で、すごく優しいです」

エリスかも。

「でも、酔っ払いの人が暴れた時は、凄《すご》く怖い顔で追い出してくれました」

エリスだ。

「あと、えっと……あっ、すごくおっぱいの大きい人です！」

うん、確実にエリスだ。

どうやら借金で家を売ったウェイトレスというのは、本当にあのエリスだったらしい。でも、俺はエリスが借金をしていたなんて話は、今まで一度も聞いたことがなかった。

確かに、エリスの治療院《ちりょういん》に金はなさそうだった。だが、それもあくまで治療院《ちりょういん》としては、だ。

治療院《ちりょういん》なんていうものは、言ってしまえば、今の俺のように治癒《ちゆ》魔法使い一人と場所があれば、どこでも開くことができる。

もちろん、一般的な治癒《ちゆ》魔法使いでは何人も連続で治療《ちりょう》をすれば魔力が足りなくなってしまううえ、大きな怪我《けが》を治療《ちりょう》すればその一回だけで魔力が底を突いてしまうため、規模の大きい治療院《ちりょういん》ではそれなりに多くの治癒《ちゆ》魔法使いを雇ってはいる。

けれど、エリスの治療院《ちりょういん》は俺以外に働いている人間はいなかった。

あそこは一軒家を改築しただけの、小さな治療院《ちりょういん》だ。

人を雇って人件費がかさんだ、なんてこともないだろう。

それに、エリスの治療院《ちりょういん》は長年治療院《ちりょういん》をやっていた親が遺してくれた建物だ、という話を聞いたことがある。

治療院《ちりょういん》を建てるのにエリス自身が大きな借金をしたというわけでもないはずだ。地税ぐらいは払っているだろうけれど。

そんな状態で経営して、治療院《ちりょういん》を売らなければならないほどの借金をしてしまうことがあるだろうか。

いくら立地が悪く客があまり来なくとも、エリス一人の生活費も稼げないことはないだろう。

それに、俺が働いていた頃は、エリス一人では回らないぐらいには客が来ていた。もしかしたら、俺の治療院《ちりょういん》が客を奪ってしまったのだろうか。

いや、俺の治療院《ちりょういん》の客で、エリスのところでも顔を見たことがあるのはルルカともう二、三人程度だ。……ルルカは客とは言えないような気もするけれど。

それに、俺はエリスの治療院《ちりょういん》のように料金を安くしてはいないから、そもそも客層が違う。立地もかなり離れている。わずかに競合しているとしても、経営が傾くほどではないはずだ。

「ユエル。エリスがいつ頃からその酒場で働いていたのか知ってるか？」

「えっと、私が働き始めた次の日からです」

治療院《ちりょういん》を売る直前、ということだろうか。あの酒場で働くというエリスの選択は、治療《ちりょう》院《いん》を売ることが決まり、次の仕事を探した結果なのか。それとも、どうしても治療院《ちりょういん》を売りたくなくて、どうにか金を稼ごうとした結果なのか。

そういえば、ちょっと前に酒場の前でエリスに会った、俺を見るなりすぐに立ち去ってしまったが、あれはもしかすると働く場所を探していたのかもしれない。

「エリスが今どこにいるかわかるか？」

「仕事が終わってから宿を紹介して、エリスさんも宿を気に入ってくれたようなので、きっと宿にいると思います。えっと、ご主人様のお知り合いだったんですか？」

確かにエリスは知り合いだ。

異世界に来たばかりの俺に、仕事をくれたエリス。

遠い国から来たと言い張る俺を、胡散臭《うさんくさ》い目で見ながらも、色々な常識を教えてくれた。

知り合いという一言で片付けるような関係ではないだろう。セクハラして追い出された身で言うような台詞《せりふ》ではないが、やはりこう言うのが正しい気がする。

「エリスは俺の、恩人だよ」

酒場を出て、宿に戻る。

ユエルはエリスの部屋を知っているらしい。

ユエルの案内で、部屋へと向かう。二階の角、ひとつ手前の部屋。

……そこは俺とユエルの部屋の隣だった。ユエルが扉をノックする。

「エリスさん、いますか?」

ユエルが声をかけると、すぐに部屋の扉が開いた。出てきたのは、金髪を腰まで伸ばした綺《き》麗《れい》な女の子。一八にしては少し大人びた雰囲気、そしてはちきれんばかりの胸元。間違いなくエリスだった。

「ユエルちゃんじゃない。どうしたの? 今日はこれからご主人様と迷宮に行くって言ってなかった?」

「えっと、ご主人様が、エリスさんにお話があるらしくて」

エリスがユエルの頭を撫でながら優しく声をかけ——そして、少し離れた場所に立つ俺を見た。

「ど、どうも……」

「……なんで、あなたがここにいるのかしら?」

ユエルにかけた優しい声音とは違う、底冷えするような声。ユエルに向けていた優しそうな瞳はどこへいってしまったのか、睨《にら》みつけるような鋭い目つき。

そうですよね、怒ってますよね。

「エリスさん、この方が私のご主人様です!」

ユエルが満面の笑みで紹介する。ない胸を張って、どこか嬉しそうな雰囲気だ。

それを見たエリスはユエルに優しく笑いかけ――俺の目の前まで近づき、小声で言った。

「……ユエルちゃんからは、ご主人様は清廉《せいれん》で、優しくて、尊敬できる人だって聞いていたのだけれど。どうしてあなたがそのユエルちゃんに、ご主人様と呼ばれているのかしら」

「そ、それは俺が清廉《せいれん》で……い、いえ、なんでもないです」

至近距離で、そんな目付きで睨《にら》むのはやめてください。視線だけで人を殺せるんじゃないでしょうか、エリスさん。

「はぁ、こんな小さな子にまで手を出すなんて……」

そして、またロリコン扱いされてしまうのだろうか。まったくの誤解なのに。日頃の行いが悪いと言われれば、ぐうの音も出ないが。

「そんなんじゃない。今は冒険者やってるから、一緒に迷宮に潜ってるんだよ」

「冗談よ。ユエルちゃんも、ご主人様が大切にしてくれてるって、嬉しそうに言ってたもの。で、何か用なの？」

てっきりロリコン認定を受けるかと思えば、そうではなかったらしい。それに、話も聞いてくれるようだ。確かに怒ってはいるようだが、もうだいぶ、それも冷めてきているのかもしれない。時間は偉大だ。

「酒場で働いているんだろ？　聞いたよ、治療院《ちりょういん》を売ることにしたんだってな」

「……それは、あなたには関係ないでしょう」

目を伏せ、わずかに視線を逸らすエリス。

「俺、最近、酒場で治療院《ちりょういん》やってるんだよ。もしかして――」

「確かにあれからお客さんはずいぶんと減ったけど、それは関係ないわ。ただ、あなたを雇う前の状況に戻っただけよ」

俺が来る以前の状況に戻った。つまり、元々エリスの治療院《ちりょういん》には客があまり来ていなかったが、俺がいた時だけは客もそこそこ来ていた、ということだろうか。そして俺が辞めて経営が悪化した、と。

「もともと、あなたが来なければ春になる前に……あの家を売るつもりだったのよ。それに、あなたがいても相場通りの給料を出すこともできなかったし、いずれは破綻《はたん》していたわ。結局、無理だったのよ。勝手に値引きしたことと、水浴びの件に関してはもちろん怒ってるけど、これに関してはあなたのせいじゃないわ。最初から決めていたことなのよ」

でも、俺が働き続けていれば、延命《えんめい》ぐらいはできたんじゃないだろうか。

「いや、でもさ……」

「……あなたに言ったことはなかったけど、私には妹がいるの。騎士を目指してる、ね。三年前、両親が事故で死ぬ直前に、王都の騎士学校に行ったのよ。必ず騎士になって帰ってくるって、はりきってたわ。でも、両親が死んで私だけになってからは、お客さんもずいぶん減ってね。私は両親と違ってそこまで腕が良いわけでもないから……。それで、その学費や仕送りのために借金をしたのよ。だから、あなたがどうこう、というわけじゃないの」

妹がいたのか。

聞いたことがない……が、エリスはきっと自分の弱みを見せまいとしていたのだろう。心配をかけたり、同情を買われたりしたくなかったのかもしれない。

エリスの治療院《ちりょういん》は元々両親が経営していた。

当時はそこそこ余裕があり、学費を払える見通しがあったため、妹を騎士学校に通わせた。だが、そのすぐ後に両親は事故で死んでしまった。残ったのは、普通の治癒《ちゆ》魔法使いとしての実力しかない、エリスのみ。

客足の減った治療院《ちりょういん》では、騎士学校の学費や妹の生活費を払えない。けれど、エリスは妹を騎士学校に通わせ続けたかった。だから、貯金を切り崩しながら妹に金を送った。

しかし、時が経つにつれ貯金は尽き、それでも金をつくるために治療院《ちりょういん》を担保《たんぽ》に借金をし始めた。そして段々と借金は膨らみ、どうしようもなくなったところに俺がやってきた。

エリスはその時すでに治療院《ちりょういん》を売るつもりだったが、俺の治癒《ちゆ》魔法の腕を見て、もしかしたら経営を立て直せるかもしれないと思った。

もしくは、職も常識もない俺を哀れに思って、潰すつもりの治療院《ちりょういん》で雇っていた。けれどそこで、俺のセクハラにブチ切れて、クビにした。

そして再度の経営悪化で借金返済の見通しが立たなくなり、規定路線通りにエリスは治療《ちりょう》院《いん》を手放すことになった。想像も入っているが、こんなところだろうか。

「借金は、全部返せたのか？」

借金の返済が滞れば、奴隷《どれい》商人に売られ奴隷《どれい》になってしまう可能性だってある。もし、まだ借金が返せていないというのなら、協力するべきだろう。

「一週間後にあの家の競売があってね、いくら安くてもさすがに一〇〇万ゼニーは越えるでしょうから、それで借金は全部返せるわ。もう妹の学費も最後まで払い終えたし、問題ないわよ」

「借金自体はいくらなんだ？　ほ、ほら、治療院《ちりょういん》を売らなくても、俺もできるだけ……」

俺がそう言うと、エリスはクスッと微笑《ほほえ》んで――

「別にあなたが気にするようなことじゃないわ。あなたがいてもいなくても、あの治療院《ちりょういん》は売ることになっていたもの。私も、もう未練はないし。大丈夫、酒場で働きながら他所《よそ》の治《ち》療院《りょういん》で雇ってもらえないか、探してみるから」

エリスは優しい声でそう言うと、部屋の中へと戻っていった。


その後、俺は迷宮に潜る気になれず、宿でずっとエリスのことを考えていた。

エリスの治療院《ちりょういん》が一週間後、競売にかけられる。その価格は最低でも一〇〇万ゼニー。エリスには、騎士学校に通う妹がいる。

治療院《ちりょういん》を売るつもりだというのに、わざわざ深夜という時間に酒場で働いていたエリス。それは、ギリギリまで治療院《ちりょういん》を諦《あきら》めたくなかった、そんな気持ちの表れなんじゃないだろうか。エリスはきっと、親の遺した治療院《ちりょういん》で妹の帰りを待ちたかったのだ。

壁にもたれかかりながら、これからのことを考える。

できれば、エリスの治療院《ちりょういん》が競売に出て、誰かに買われるということは阻止したい。けれど、エリスに金を用立ててこれで借金を返せ、と言ってもきっと受け取らない気がする。

エリスの治療院《ちりょういん》が他人の手に渡るのを阻止するには、競売で俺が買うしかない。

でも、一週間で一〇〇万ゼニー以上、下手をすれば一五〇万、二〇〇万ゼニーの大金を稼ぐことは、相当に難しい。

俺の一日の稼ぎだって、冒険者と治療院《ちりょういん》の掛け持ちで七〇〇〇ゼニー程度だ。貴族や商人、金持ちに渡りをつけてエクスヒールを活用する、ということでもしなければ稼げない金額だろう。けれど、俺には信用がない。

神官としての位階、司教や大司教という肩書きがあるわけでもなければ、どこどこの教会で修行をした、というわけでもない。

そんな人間がエクスヒールが使えると言って近づいたところで、詐欺師《さぎし》にしか見えないだろう。それに、金持ちは大怪我《けが》をすれば、すぐにでも教会に行き、高位の神官に金を積んで治してしまう。

金を持っているけれど、まだ治療《ちりょう》を済ませていない怪我人《けがにん》を探すなんて、伝手《つて》のない俺にできるだろうか。

大金を稼ぐ方法が思い浮かばない。

でも、考えなければならない。そう、一週間以内に。

この宿に来たばかりのエリスにはわからないかもしれないが、この宿の壁は薄い。俺が壁にもたれかかっているだけで、隣の部屋の物音はほとんど筒抜けだった。

エリスはもう、治療院《ちりょういん》に未練はないと言っていた。

でも、……じゃあ、なんで。

なんで、壁の向こうでエリスは、泣いているんだよ。

第8話　金稼ぎ

思い返せば、エリスはずっと優しかった。

——例えば俺を雇ってくれた時。

「……しょうがないわね。さっきのヒールも凄《すご》かったし……。それじゃあ、これからよろしくお願いね」

下心半分、仕事欲しさ半分の、恥も外聞《がいぶん》もない俺の土下座《どげざ》交渉に折れ、困ったような顔をしながらも、優しく微笑《ほほえ》みかけてくれた。

なんの縁もない、ただ同情を買おうとしていただけの俺を、住み込みで働かせてくれた。

あの時のエリスはまるで女神のように優しかった。

——例えば初めてセクハラした時。

「い、今のはわざとじゃないのよね？　……もう、気をつけてよ？」

偶然《ぐうぜん》を装い、初めて尻を撫《な》でたが、笑って許してくれた。

まだあの時のエリスは優しかった。わずかに恥じらいの混じった初心《うぶ》な反応に、興奮した。

——例えば何度目かのセクハラの時。

「……次は、ないわよ」

冷たい声。けれど、それでも俺を追い出さなかった。

俺の性格を理解し、セクハラするたびに射殺すような視線を向けてくるようにはなったが、俺がセクハラするに至った理由、エリスの魅力を土下座《どげざ》しながら熱弁すれば、なんだかんだで最終的には許してくれた。

そして追い出される前日――

まるで俺を誘うかのように開いていた扉の隙間《すきま》、その向こう側。

タイル状の床に、浴槽、排水溝しかないその部屋は、きっと以前は浴室だったのだろう。けれど、今思えば高価な温水給湯用の魔道具はすでに売却され、薪《まき》による加熱ができる構造にはなっていなかったその風呂は、最早《もはや》風呂と言えはしなかった。

ただ水浴びをするためだけのスペース。そして、そこからわずかに聞こえる水音。

俺の妄想《もうそう》は膨らみに膨らみ、ついついそこを覗《のぞ》いてしまったのは、男として仕方のない反応だったはずだ。

――扉の向こうには、水浴びをするエリスの姿。そう、そこは桃源郷《とうげんきょう》だった。理性のタガが外れ、偶然《ぐうぜん》を装い突入し、胸を揉《も》んでしまったことも最早《もはや》必然と言えただろう。

「そんなに、そんなに追い出されたいのかしら……」

額《ひたい》に青筋を浮かべ、もう女の子がしてはいけないような怒りの形相《ぎょうそう》で俺を見たエリス。

あれはさすがにやりすぎた……けれど、エリスは俺を衛兵に突き出したりはしなかった。

俺が追い出されたのも、再出発できる程度には貯金が溜まってからのことだ。これもきっと、偶然《ぐうぜん》というわけではなかったのだろう。

「ご主人様……」

そんなことを考えていた俺に、上目遣いで何かを伝えようとするユエル。言わなくてもわかる。短い間、一緒に働いただけだが、ユエルはユエルで、エリスにずいぶんと懐いていた。

「エリスの治療院《ちりょういん》、買い戻そうか」

「っ……！　はい、ご主人様！」

しばらく考えて、いくつか方法も思いついた。

とりあえずするべきことは、今からユエルを酒場で働かせることだ。俺が一人で、自由に動くために。

「ユエル、エリスの治療院《ちりょういん》を買うためには少しでも金が必要だ。あの慢性的《まんせいてき》に人手不足な酒場で働いてきて欲しい。夕方には迎えに行くからな」

さて、パパッと解決してやりますか。

「逃がすな！　追え！　俺たちのシマでイカサマなんてしやがったこと、死ぬほど後悔させてやれ‼」

「あの自信、怪しいとは思ってたが、やっぱりあいつやりやがった！　絶対逃がすな！」

「くそっ、なんであんなに逃げ足が速いんだ！　おいお前ら、あっちだ！　先回りしろ！」

パパッと解決しようとした結果――俺は今、追われていた。

金を稼ぐため、俺が向かったのは……ちょっと怖い方々が経営する賭博場《とばくじょう》。一応公営ギャンブル以外が違法とされているこの国では、かなりアングラな場所だった。

街の外れにある酒場。そこの二階にある賭博場では、多くの人々が顔と身元を隠し、ギャンブルに興じている……そう小耳に挟んだことがあった。

そして、そこで開催されているトランプのようなカードを使ったギャンブル。山札から引かれたカードの数字が、テーブルの上のカードよりも高いか低いかを当てるだけの、簡単なゲーム。

還元レートの都合上、普通にやれば最終的には胴元が儲かるギャンブルではあるが、俺には鑑定という便利なスキルがあった。このスキルを使いパパッと一稼ぎ、と思ったのだが……。

結果、解析《かいせき》系スキルの発動を検知する魔道具にひっかかった。どうやら、イカサマ対策は万全だったようである。

「はっ……はぁっ……」

足を止めるわけにはいかない。逃げ続けなければならない。

あの時、掛け金を支払い、ハイか、ローかの選択を迫られた、その瞬間。

山札の一番上のカードを確かめようと、鑑定スキルを発動させたところで――けたたましい警報《けいほう》が店内に響いた。

そして、俺に向くディーラーの視線。やましいところがありすぎた俺は、怪我《けが》を覚悟で即座に二階の窓から飛び降りた。

そしてなんとか店からは逃げることができた。けれど、いまだに怖い人たちに追われていた。

しかも、このままでは囲まれそうだ。

足にひたすらヒールをかけながら、常に短距離走をするようなペースで疾走《しっそう》しているというのに、追っ手をまける気がしない。

違法なギャンブルに手を染めるチンピラのくせに、相当鍛えているようだ。俺が鍛えてないだけかもしれないが。

ヒールのおかげで足はまだまだ持ちそうだが、このままだと呼吸がやばい、息が続かない。酸素不足は治癒《ちゆ》魔法でもどうしようもできない。

「いたぞ！　あっちだ‼」

前方から、男たちが走ってきた。後ろからも追われてるのに。

ヤバイ、マジでヤバイ。

で、出来心だったんです。

だが、そう言ってもあいつらはエリスのように許してはくれまい。捕まれば間違いなく、肉体的な制裁が待っている。

とにかく相手の数が多い。いよいよもって、そろそろ追いつかれそうだ。

「追え！　追えぇ‼」

挟み込まれないように、脇道に入る。

何か、何かないのか。逃げながら、アイテムボックスの中を探る。

硬い金属の感触――メイスだ。

駄目《だめ》だ、戦っても勝ち目はない、それにそもそも戦う気はない。

次に出てきたのは、カサついた布地――血で汚れた修道服だ。……捨て忘れていた。

そして――ぷにゅっとした感触。

これだ！

再び角を曲がり、手に掴んだそれを細い路地にバラ撒く。

――そう、スライムゼリーを。

今まで売らずに溜め込んでいたスライムゼリー。細い路地を埋めるには、十分な量だった。

そしてしばらく走ると、背後から悲鳴と怒号《どごう》が響く。きっとスライムゼリーを踏みつけてすっ転んだのだろう。持っててよかった、スライムゼリー。

路地を曲がってスライムゼリーを設置し、また曲がっては設置する。

そうやってスライムゼリーをバラ撒きながら街を走り続けることで、なんとか撒くことができた。

ずいぶんと長いことと走ることになったが、逃げ切った。

……けれど、今回は失敗だった。

金を稼ぐどころか、掛け金を五〇〇〇ゼニー、丸ごと失っただけだった。そしてスライムゼリーの在庫も大幅に減ってしまった。

少し考えればわかることだったのに、なぜ俺はこんなことをしてしまったんだろう。イカサマ対策など、されていて当然だろうに。自分でも自覚できないほど、焦っていたのだろうか。

時間はある。金を稼ぐ手段も、まだ考えてある。

次、次こそが本命だ。

今度は、奴隷《どれい》市に向かう。それはユエルを見て思いついた手段だった。

そう、俺は欠損《けっそん》した奴隷《どれい》を買って、治して、売るだけで大金を稼ぐことができる。

完全な金儲けのための人身売買、というのに少し抵抗があったため後回しにしていたが、まあそこは買う奴隷《どれい》を選べば良い。適当なおっさんを選べば、俺の良心もさほど痛まない。おっさんなら、怪我《けが》を治してやっただけありがたいだろ、と思える。

そして奴隷《どれい》市に向かい――

「欠損《けっそん》した奴隷《どれい》なんて、普通は仕入れないからねぇ」

「怪我《けが》した奴隷《どれい》？　うちはいないよ。ちょっとした怪我《けが》ならウチは専属治癒《ちゆ》魔法使いがいるから」

「エクスヒールが使える？　冗談はよしなよ。あんたみたいなみすぼらしいのがそんな高位な神官なわけないだろう」

——見事にアテが外れた。

奴隷《どれい》市で大怪我《けが》をした奴隷《どれい》はいないか、と散々聞いて回った結果、該当者はゼロ。どうやらユエルはずいぶんと珍しい例だったらしい。

冷静になって考えれば、奴隷《どれい》は所有しているだけで維持費《いじ》がかかる。最初から売れる見込みが少なければ、当然の判断なのだろう。

無駄足だった。賭博《とばく》場に行き、散々逃げ回り、奴隷《どれい》市まできて収穫なし。

かなりの時間を無駄にしてしまった。

もうすぐ夕方、そろそろユエルを迎えに行かなければいけない時間だ。今日が終われば、エリスの治療院《ちりょういん》の競売まで、あと六日しかない。

「ご主人様！」

俺が酒場に入るなり、駆け寄ってくるユエル。

かわいらしいウェイトレスの格好だ。

「ご主人様、今日もたくさんお金がもらえました！　……えっと、エリスさんの治療院《ちりょういん》を買うのですよね？　私も、エリスさんに喜んで欲しいです。だから……」

そんな健気《けなげ》なことを言って、数千ゼニーが入ったバンクカードを差し出すユエル。

適当な理由を付けてユエルをここで働かせたわけだが、ギャンブルでイカサマして掛け金を丸ごと失ったばかりの俺としては、それを受け取ることにかなりの罪悪感《ざいあく》があった。

「そ、それは、まだユエルが持っていてくれ」

気持ちには応えたい。しかし、今日思いついた方法は二つとも失敗に終わってしまった。

明日はどうしようか。

迷宮に潜って、宝箱を探そうか。宝箱には、高価な魔道具が入っていることも多いと聞いた。迷宮における、一攫千金《いつかくせんきん》の最たるものだろう。

……いや、でも、宝箱は今まで迷宮に潜っていて、一度も見かけたことがない。

一週間のうちにそれを見つける、というのは無理なような気がする。でも、それならどうすれば……。

「おうシキ、ちょっといいか？」

考えていると、声をかけられた。

ゲイザーだ。隣を見れば、エイトもいる。

ふとゲイザーの手を見れば、わずかに血が滲《にじ》んでいる。用件は治療《ちりょう》だろうか。

「どうした、怪我《けが》の治療《ちりょう》か？　ヒールは一回四〇〇ゼニーだぞ？」

「あぁ、これはただのかすり傷だから大丈夫だ。ここに来る途中、なんでか道にスライムゼリーが落ちてててな、転んじまったんだよ」

……ご、ごめんなさい。

「じょ、冗談だよ、俺がお前らから金を取るわけないだろ？　ヒール」

後でしっかり回収しておこう。

「お、いいのか？　ありがてぇな。けどまぁ、用件はそこじゃねぇんだ。前に地上まで送ってやった貸しを返してもらいにきたんだよ」

「貸しを？」

そういえば、送ってもらった代わりに次の迷宮探索《たんさく》にいつでも付き合うと約束していた。

「そういうわけだ、シキ。明日、一緒に迷宮に行ってもらうぜ？」

「スライム狩りでもするのか？　いつでも付き合うって言っておいて悪いんだが、ちょっと事情があって、一週間で大金を稼がないといけなくなったんだ。また今度じゃ駄目《だめ》か？」

スライム狩りは確かに儲かるが、それは一般的な冒険者の収入として、だ。

俺は今、一攫千金《いっかくせんきん》を狙いたいのだ。スライム狩りでも、宝箱から高価なマジックアイテムが出てくる可能性はないではないが、それに賭けられるほど楽観的な状況ではない。

「へぇ、それならちょうどいいじゃないか。スライム狩りはスライム狩りだが、俺たちが狙うのはただのスライムじゃないぜ？　ヒュージスライムだ」

俺の言葉を聞いて、エイトがニヤつきながら言った。

ヒュージスライムは直径三メートルという巨体を持つ、七階層のボスだ。そしてレアドロップは二〇万ゼニーという高い値段がついている。それなら、確かに儲かるかもしれない。

けれど――

「ヒュージスライムって、あの七階層のボスだろ？　俺たちで倒せるのか？」

ヒュージスライムの特性はほぼスライムと同じだが、その巨体からくる攻撃力と耐久力は、今まで戦ってきた魔物とは一線を画す。

それにエイトとゲイザーはそこまで強くはない気がする。エイトもゲイザーも長剣のスキルを持ってはいるが、動きを見る限りユエルのように特別キレが凄《すご》いとか、技量があるとか、そういうわけではなかった。

普通に武器を扱うのがうまい、その程度だった。

「一度は倒してるんだよ。ほら、シキを送った時のパーティーメンバーいただろ？」

エイトが言う。

「あー、あの時か」

そういえばあの時、エイトのパーティーには魔法使いがいた。ユエルを探しに迷宮に潜った俺が、ボス部屋の前でエイトたちに会ったのは、ただの偶然《ぐうぜん》じゃなかったのか。

あの時、エイトたちはボスを狩った後、休憩でもしていたのかもしれない。

「でも、俺抜きで問題なく倒せるなら、俺が行く必要もないんじゃないのか？」

「いや、今回もあのメンバーで行くつもりではあるんだが……スライムといってもボスはボスだからな、あの時はなんとか倒すことはできたが怪我《けが》もした。高価なポーションを使うことになって、結局赤字だったんだ。そういうわけでまぁ、シキには回復役を頼みたいんだ」

「あぁ、なるほど」

ポーション代を浮かせたいということか。ポーションは魔法薬の一種だ。回復効果の大きさにもよるが、どれも相当高価だったような気がする。

……それにしても、ヒュージスライムか。

ヒュージスライムのレアドロップはスライムの雫《しずく》。高価な魔法薬の原料で、ひとつ二〇万ゼニー。戦闘一回あたりの時間とドロップ率次第ではあるが、もしかしたらこれで大金を稼ぐこともできるかもしれない。

しかし、明日ボス狩りに行くとなると、問題はユエルだ。正直、ユエルがボス戦で役に立つことはないだろう。小柄な体格で、短剣しか扱えないユエルに巨大なヒュージスライムの相手は難しいはず。酒場で働きながら留守番してもらう、というのがベストな気がする。

「ユエル、明日なんだが……」

そしてユエルに留守番をお願いしようと、横を見ると――

ユエルは「明日が楽しみですね、ご主人様！」とでも言わんばかりのキラキラとした目で俺を見ていた。

行く気満々じゃないですか、ユエルさん。どうやら、しっかりエイトたちとの話を聞いていたようである。

駄目《だめ》だ。もうこれは完全に期待してしまっている。明日、俺がユエルを置いて行こうとしているなんて、微塵《みじん》も思っていない、陰のない笑顔。

しかし、今回は留守番をさせないと……いや、でも。

……俺は、この眩《まぶ》しい笑顔に向けて、「留守番してろ」だなんて言えるのだろうか。

「明日が楽しみですね、ご主人様！」

言えない、こんな純粋な笑顔に向けて、「お前、今回は役立たずだから待ってろ」なんて、どの口が言えるというのか。

……いや、でもここは心を鬼にしなければ、ユエルが一緒に行ってもただ危険なだけだ。

「ユエル、悪いんだけどな……」

そして、断固たる決意を持ってユエルに声をかけたところで――

「そうなんだよ、シキだけじゃなくて、ユエルちゃんにも来てもらった方がよくてよ」

ゲイザーが割り込んできた。どういうことだろうか。

「……別に必要ないんじゃないか？」

「いや、ヒュージスライムは核に攻撃が届かねぇから外側から少しずつ削っていくんだがな、ある程度小さくなってくるとかなり機敏《きびん》な動きをするんだよ、普通のスライム以上にな。最初は戦わなくてもいいが、最後のとどめだけやってもらいてぇんだ。ユエルちゃんは素早いうえにかなり器用だし、適任だろ。まぁ後ろに攻撃は通さねぇから、心配すんな」

どうやら理由があったらしい。最初は戦わなくて良いというなら大丈夫だろうか。

ユエルが危険なのは、ヒュージスライムが巨体だからだ。

体が小さくなったヒュージスライムを相手にする程度なら、問題はないだろう。それにユエルが来れば儲けの分配も増える。金を稼ぐという目的を考えれば、来てもらった方が良いのかもしれない。

そして翌日。

エイトたちが連れてきたのは、以前、俺が迷宮で会ったメンバーと同じだった。

杖を持った男が一人と、前衛職《ぜんえい》だろう男が四人。

前回はあまり意識していなかったが、なんだか全員チンピラっぽい雰囲気を醸し出している。

類は友を呼ぶというやつだろうか。癒しはユエルのみである。

その五人をパーティーメンバーに加え、俺たちは順調に迷宮を進み、今は六階層を進んでいた。

そして――

「「ひぃっ……！」」

俺とエイトの悲鳴が通路に響く。

六階層の中盤、角を曲がったところで不意に、五体のジャイアントアントと鉢合わせたからだ。獲物を見つけ、嬉しそうにガチガチと顎《あご》を鳴らすジャイアントアント。

足をかじられた光景が蘇《よみがえ》る。あれから何度も迷宮に潜っているが、今でも不意に出会うと心臓が跳ねる。どうやら、エイトも同じのようだ。俺と同じく、きっとトラウマなのだろう。

「あぁ、シキもこいつにやられたんだっけか？　まぁこのあたりで大怪我《けが》するとしたら、ジャイアントアントに足をやられるのが一番多いからなぁ」

しみじみとゲイザーが言う。そんなことより、さっさと倒してくれ。

「そういえば、俺の知り合いも最近こいつにやられちまったんだよ。しかも今はまとまった金がなくて治療《ちりょう》できないらしくてな。神官さんよ、欠損《けつそん》もいけるんだろ？　パパッと治してやってくんねーか？　金はねーけどな、はははは」

チンピラAがそんなことを言い出す。笑ってないでさっさと倒せよ。

「まぁ、後払いでも払ってくれるなら構わねぇよ」

冒険者の怪我《けが》の治療《ちりょう》。

これには冒険者同士の横の繋がりを使うのが手っ取り早い。

冒険者は今回のパーティーのように、臨時でパーティーを組んだりすることが多い。

エイトたちの知り合いを紹介してもらうか、治療院《ちりょういん》の客の冒険者にでも知り合いを紹介してもらえば、きっと冒険者の客を集めることができるだろう。

けれど、低階層で大怪我《けが》をするような、それこそジャイアントアントにやられるような冒険者はあまり金を溜め込んではいない。

ユエルの戦闘技能がやたら高いために見落としがちだが、駆け出しの冒険者は戦えば武器を傷めるし、怪我《けが》もする。武器のメンテナンス代やポーション代、治癒《ちゆ》魔法代というのはそういった冒険者の大きな負担になる。

欠損《けっそん》の治療《ちりょう》をできる治癒《ちゆ》魔法使いは多くないため、その相場は高額だ。けれど、ないところから金は取れない。そして冒険者という命の保証のない職業柄、借金をさせることも難しい。

エリスの治療院《ちりょういん》を買うためには今すぐ金が必要ではあるけれど、どうせ今すぐ金が払えないなら、今後のためにコツコツ払ってもらうのもいいかもしれない。

「お、いいのか？　言ってみるもんだな。それじゃ、伝えとくわ」

「あ、それなら俺の知り合いも頼めるか？　もちろんツケで」

チンピラＡに便乗して、チンピラＢもそんなことを言い始める。

「……後払いでも代金はしっかりもらうぞ」

欠損《けっそん》の治療《ちりょう》は、並の魔力では一日にそう何度もできない。これは治癒《ちゆ》魔法使いにとって、かなり重要な収入源だ。

迷宮都市という場所柄、怪我《けが》人はどんどん湧いてくる。

というわけで普通の治癒《ちゆ》魔法使いは後払いをあまり受け付けないが、俺の場合ここで治療《ちりょう》をしたからといって、後で魔力が不足するということもない。後払いでも不都合はないのだ。

このチンピラ風の男たちの知り合いがきちんと料金を払いにくるのか不安ではあるけれど。

そして、なんとか七階層のボス部屋まで辿り着いた。

「よーし、準備しろ」

ゲイザーの声に、チンピラたちがアイテムボックスから大盾を取り出す。金属製の、高さのある四角い盾だ。

タワーシールドというものに近いだろうか。エイトやゲイザーも武器をしまって、そのタワーシールドを取り出す。

「作戦は前と同じで単純だ。まず、俺たちがヒュージスライムの攻撃を全力で受け止める。そして動きが止まったところに魔法を打ち込んでやつを削る。これの繰り返しだ」

どうやらボス戦はゲイザーが仕切るようだ……が、ずいぶんと乱暴な作戦だ。

「おいおい、そんなんで大丈夫なのかよ？」

正直、脳筋にしか思えない。

「大丈夫だ。最初の一撃さえ受け止めて魔法を打ち込んじまえば、あとはヒュージスライムも小さくなっていくだけだからな。同じことを繰り返すだけで良い。ただ、最初の一撃だけは注意が必要だ。これを受け止められなかったら作戦は失敗、大怪我《けが》をする可能性もある。その時はすぐに回復してやってくれ」

初撃を防げるかどうかで成否が決まる。最大威力の初撃を確実に防ぐためのタワーシールド装備なのだろう。まぁ、安全に勝てるならなんでもいい。

「あぁ、わかった」

「まぁ、この人数なら大丈夫だとは思うがな」

「さて、準備はいいか？」

エイトがボス部屋の扉に手をかけながら言う。そして、全員がそれに頷《うなず》いた。

「いくぞ！」

ゲイザーの野太い声と同時に、扉が開く。奥には、広い空間が広がっていた。三〇メートル四方はある、大きな部屋だ。そして、その中心にはワゴン車程度の大きさのスライムが、ぷるぷると震えていた。

「横一列に並べ！　来るぞ！」

前衛《ぜんえい》組六人が横一列に並び、盾を構える。ほぼ同時にスライムの震えが止まり、ゴロゴロと音を立てながら転がってきた。

攻撃の瞬間だけ硬質化するという、スライムの特性のせいだろう。自重のせいか、普通のスライムのように飛んだり跳ねたりはできないようだが、それでもかなりの威力がありそうだ。

それこそ自動車が突っ込んでくるようなものだろうか。

そして、直撃。

金属に硬いものがぶつかる、鈍く大きな音が部屋に響く。盾を構えた前衛《ぜんえい》たちが押され、列が大きく歪む。相当な衝撃があったようだ。かなりのダメージらしく、腕を痛そうに抱える者もいる。さっきの衝撃から考えて、骨にヒビぐらいは入ったのかもしれない。

しかしそれでも、タワーシールドを構えた前衛《ぜんえい》組は、きっちりヒュージスライムの突進を止めていた。まさに肉壁という感じだ。

「エリアヒール！」

範囲型の治癒《ちゆ》魔法を唱え、前衛《ぜんえい》組を治療《ちりょう》する。難易度は低いが、同時に複数の人間に向けて治癒《ちゆ》魔法をかけるため、魔力の消費が大きい治癒《ちゆ》魔法である。ヒールと同程度の効果しかないが、単純な骨折程度ならこれで十分だ。

しかし、この作戦は単純ではあるけれど、案外良いかもしれない。

ヒュージスライムの突進は、一人で受け損なえば死ぬ危険性もあるが、この陣形の場合しっかり全員にダメージが分散されている。確実にダメージは受けるが、全員がヒュージスライムの攻撃を回避《かいひ》しながら戦うよりも、万一のリスクは低そうだ。

そして多少の怪我《けが》なら治癒《ちゆ》魔法で治せるうえに、その治癒《ちゆ》魔法を使うのは俺だ。魔力は無尽《むじん》蔵《ぞう》にある。

どうやら、ゲイザーのくせにしっかり考えていたようだ。

「ファイアーボール！」

俺が治癒《ちゆ》魔法を放つとほぼ同時に、魔法使いの詠唱《えいしょう》が終わる。

サッカーボール大の燃え盛る火の玉が、ヒュージスライムに向かって放たれる。

ヒュージスライムの一部が爆発し、弾け飛んだ。

すぐに寄せ集めるようにして身体を再生するが、一割ほど縮んだように見える。

ヒュージスライムが魔法に怯む間に、再び前衛《ぜんえい》組が列を作り直し、盾を構える。

あとはもう繰り返し作業のようなものだった。

小さくなり、だんだんと軽くなるヒュージスライムの攻撃。それを複数の前衛《ぜんえい》職で危なげなく受け止め、そこに魔法を飛ばす。

最後は小さくなり全然ヒュージじゃないヒュージスライムに、ユエルがナイフを投げた。やたら素早かったが、ユエルは一撃でとどめを刺す。

どうやら連れてきて正解だったらしい。だが、ドロップはただのスライムゼリーだった。

結局、それから五回ボス狩りを繰り返し、やっとスライムの雫を出した頃には、時刻はもうすっかり昼をすぎていた。


清算をして、ユエルと酒場に食事に行く。

「今日はたくさんお金がもらえましたね、ご主人様！」

「あぁ、そうだな」

今回の利益は一人あたり、約二万ゼニーだった。

さすがに怪我《けが》前提、治癒《ちゆ》魔法や回復ポーション必須《ひっす》の狩りだけあって、だいぶうまみがある。

……でも、足りない。

一般的な冒険者としては破格の収入ではあったが、俺の目標にはまったく届かない。

一個二〇万ゼニーのレアドロップと言っても、九人で分配すれば、一人頭二万ゼニーと少し。何度もボス狩りを繰り返せばいつかは一〇〇万ゼニーにも届くかもしれないが、今は時間がない。今日をのぞいて、あと五日で一〇〇万ゼニー、いや、それ以上の金額を貯めなければならないのだ。

酒場の治療院《ちりょういん》スペースに座りながら、考える。

いつもは下着の色でも想像しながらミニスカウェイトレスを眺めているだけだったが、今はそんなことはしていられない。金を稼ぐ方法。これを考えなければならない。

「あ、あのー、後払いでも治療《ちりょう》をしてくれるという話を聞いてきたんですが、本当ですか？」

ひたすら思考に没頭していると、女性に声をかけられた。片足の先がないらしく、木製の簡素な義足をつけていた。

多分、今日チンピラ冒険者Aが言っていた、怪我《けが》をした知り合いの冒険者というやつだろう。早速俺のことを伝えたらしい。俺としては今すぐ金が欲しいが、ないものは仕方がない。

「あぁ、怪我《けが》はそれだけか？」

「はい、ジャイアントアントにやられちゃいまして。魔法が使えるからなんとか暮らしてはいけるんですけど、貯金がないから治療《ちりょう》ができず……」

「やっぱりジャイアントアントか、ハイヒール」

ハイヒールは、ヒールとエクスヒールの間にある魔法だ。エイトの時は失血で体力が落ちていたようだからエクスヒールを使ったが、ただ単純に四肢の欠損《けつそん》を治すだけなら、これでも十分である。

ちなみにエリスはハイヒールも使えない。平均的な治癒《ちゆ》魔法使いは欠損《けつそん》を治療《ちりょう》できず、欠《けっ》損《そん》を治療《ちりょう》できるのは治癒《ちゆ》魔法使いの中でも優秀な部類の人間だけである。

そしてその優秀な治癒《ちゆ》魔法使いでも、一日に何度も欠損《けつそん》の治療《ちりょう》を行うことはできない。魔力不足のためだ。

「あ、ありがとうございます！　えっと、でも本当に後払いでよかったんですか？　こんなことを言ってはなんですけど、私てっきり、身体でも要求されるんじゃないかと思って」

まぁあんなチンピラみたいな冒険者に紹介されれば、不安にもなるだろう。この女冒険者、よく見れば巨乳なうえに、顔も悪くない。ルルカのように身体で払ってもらう、というのも魅力的ではある。

ただのヒールの代金が胸を揉《も》むことであるならば、ハイヒールの代金を身体で払うとどうなるのか凄《すご》く気になるところではある……けれど、今は隣にユエルがいる。身体で払ってもらうなんて、そんな真似はできない。

「いいんだよ、当然のことをしたまでだ」

ユエルは治療《ちりょう》をする俺に、やはり純粋な尊敬の眼差しを向ける。

そう、このイメージを崩すわけにはいかない。身体で払ってもらうなんて、そんな真似はできない。

「あ、ありがとうございます。本当に良い治癒《ちゆ》魔法使いさんを紹介してもらって良かったです！　お金、今はないですけど、そのうち必ず払いますから！」

嬉しそうに笑顔を浮かべる女冒険者。視線を下に向ければ、起伏のある、実に女性らしい体のラインをしていることがわかる。く、くそ……。

「ありがとうございました！」と、感謝の礼をする彼女。

その大きな胸がたゆんと揺れる。ユエルにバレなければ問題ないのではないだろうか。

いや、駄目《だめ》だ駄目《だめ》だ。まだ初対面だ。さすがに時期尚早《じきしょうそう》だ。それに、どうやってユエルにバレずに……。

――その時、閃《ひらめ》いた。

「そうか、そうだよ、その手があった、前言撤回《ぜんげんてっかい》だ！　やっぱり、身体で払ってくれ‼」

「ちょっ、ちょちょちょっと待ってください！　そもそも、か、身体で払うつもりなんてないですから！　ハイヒールなんだから五万ゼニーぐらいですよね？　ちゃんと後で、お金で払いますから！」

首をぶんぶん横に振りながら、その巨乳を掻《か》き抱くようにして隠す冒険者。さすがにまずい発言だったかもしれない。どうやら誤解させてしまったようだ。

「あー、いや、違う！　そういう意味じゃなくて……」

閃《ひらめ》いたと言っても、この冒険者ちゃんの巨乳を合法的に、そしてユエルにバレずに触る方法を、ではない。俺が思いついたのは、エリスの治療院《ちりょういん》を買う方法、つまり金を稼ぐ方法だった。

確かにこの冒険者ちゃんには治療《ちりょう》の代金を身体で払ってもらうつもりではあるが、それは性的な意味ではない。直前までそっちの方を考えていたから、ついつい誤解を招く表現になってしまった。

「ご、ご主人様！　それなら、それなら私が！　私ならいつでも！」

ユエルも勘違いしているようだ。横に座るユエルは、俺の手をキュッと握りしめ、上目遣いで縋《すが》るように俺の目を見つめる。そして恥ずかしそうに頬《ほほ》を赤らめ、太ももをもじもじとこすり合わせる。

「いつでも、いつでも大丈夫ですから！　私、小さいですけど、ご主人様を満足させられるように頑張りまむぐっ！」

ユエルの口を手で塞いでから周囲を見渡せば、チラチラとこちらに視線が集まっていた。酒場で、それも大声であんなことを言ったせいか、注目を集めてしまったようだ。

この視線は……。

治療《ちりょう》行為の後に叫んだ、身体で払えという発言。自分の身を掻《か》き抱き、こちらを睨《にら》む冒険者ちゃん。幼いユエルの、もじもじとした態度に今の発言。

……間違いなく軽蔑《けいべつ》の視線です。これはまずい。

「ち、違う！　あれは言葉のあやで……そ、そういう意味じゃないんだ！　ただ、代金はいらないから、あんたに迷宮で手伝って欲しいことがあるんだよ！　そう、迷宮で！」

「……迷宮で手伝って欲しいこと……ですか？」

とにかく「迷宮」を強調する。

冒険者なのだから、これで意図は伝わるだろう。冒険者ちゃんの顔をみれば、得心いったような顔をしている。どうやら、こちらの誤解は解けたらしい。

ユエルの口からも、手を離す。

周囲を見れば、視線もだいぶ和らいだ。誤解だとわかってもらえたようだ。

危なかった。

あの人に治療《ちりょう》してもらうと代金の代わりに身体を要求される、なんていう噂が流れでもしたら、これからの計画に大きく支障が出てしまう。

冒険者ちゃんに向き直る。

ふと目に入った巨乳に、「その巨乳を使って、手伝って欲しいんだ」と言いたい気持ちがムクムクと膨らむが、なんとか抑えつける。

「あぁ、実はな……」

「私がっ、私がお手伝いしますからっ！　め、迷宮でも大丈夫ですから！」

……ユエルの誤解は解けていなかったようだ。

半分涙の浮かんだ、必死そうな顔で、そんなことを言うユエル。こっちを見てとばかりに俺の服をくいくいと引っ張る。

迷宮でも大丈夫って、いったい何がどう大丈夫なんだろうか。今の話を聞いて、俺が冒険者に迷宮で何をさせようとしていると思っているんだろうか。

考えてはいけない気がする。いや、考えたくない。

まぁ、どうであれ誤解は解かなければならない。

「ユエル、そうじゃないんだ。どういう意味で言ってるのか俺にはさっぱり想像できないしわからないが、きっと多分、そうじゃない」

そう、俺が手伝って欲しいのは、ただ一つ。

「迷宮で、ヒュージスライムの討伐を手伝って欲しい」


そして、三日後。

「それじゃ、皆さんお願いします！」

「「「おおおおおおお‼」」」

七階層のボス部屋。

ヒュージスライムを前に、盾《たて》を構えた冒険者たちがズラリと並ぶ。

その数、一〇人。ほとんどがジャイアントアント被害者の会の皆さんだ。もちろん、実際にそんな会はないけれど。

この人数は、三日をかけてエイトやゲイザー、それと治療院《ちりょういん》の客の冒険者たちに「怪我《けが》をしているが治す金がない冒険者」を紹介してもらった結果である。

今回協力を頼んだ冒険者は、ほとんどが駆け出しの冒険者たちだ。

ここの迷宮は、七階層のドロップが労力に比べて非常においしい。

スライムは一階層のファングラビットと同じぐらいの強さなのに、落とす魔石は七階層級。つまり、多くの冒険者たちは七階層で狩りをしたがっている。

けれど、七階層に行くには六階層を超えなければならない。そして、その六階層にはジャイアントアントアントがいる。

そこそこ迷宮慣れしたエイトや、六階層を全力で走り抜けようとしていただけの俺の足を、不意打ちで軽々と食いちぎったあの恐ろしいジャイアントアント。

駆け出しの冒険者で、金に目が眩《くら》み、分不相応でも六階層を越えようとする者は多い。結果、ジャイアントアントに足をおいしくいただかれる。

もちろん、足を失って再起不能、冒険者稼業を続けられなくなる、なんてことはあまりない。大きな治療院《ちりょういん》か、教会にでも行って治せばいいのだから。

しかし、貧乏な冒険者は、その代金を支払えない。

誰かに借りようにも、駆け出しの冒険者に金を貸してくれるようなところはなかなかない。

手が動くなら冒険者以外の仕事がないでもないが、それで食い繋ぐことはできても、すぐに治療費《ちりょう》をためられる者は多くなかったようだ。

というわけで、そういう冒険者を探し、紹介してもらい、三日もかかってしまったが、やっとヒュージスライムに対抗できる戦力を集めることができた。

集まったのはほとんどが駆け出しで、スキルも持っていないような冒険者たちだ。全員の実力が高いというわけではない。というよりも、かなり低い。

けれど、それで問題ない。俺が求めているのは、ただの肉壁なのだから。

ヒュージスライム狩りで大金を稼ぐには、ネックになる部分があった。

ヒュージスライムのレアドロップは二〇万ゼニーと高額だ。けれど、ヒュージスライムを安全に倒すには、あの巨体を確実に受け止められるだけの壁が必要である。

しかし、パーティーメンバーが増えれば増えるほど、分け前は減ってしまう。

そこで俺は、金のない冒険者たちに怪我《けが》を無料で治す代わりに、一日ボス狩りに付き合って欲しいと誘いをかけた。金のない冒険者を治しても、後払いでは治療院《ちりょういん》の競売までに間に合わない。

それならば、その冒険者の肉体を使ってさっさと支払ってもらおうというわけだ。

冒険者たちは怪我《けが》を治せない、という問題をたった一日の労働で解決できてハッピー。

そして俺は、ヒュージスライムのドロップを独り占めできてハッピー。

まさにWinWinの関係である。

鈍い大きな音をたて、衝突《しょうとつ》するヒュージスライムと冒険者たち。

人数が多くてもやはり前衛《ぜんえい》の中央には負担が偏るようで、どうしても怪我《けが》人が出る。ここに二回目の突進を受ければ戦線は崩壊《ほうかい》してしまう。

「エリアヒール！」

けれど、俺がいる限り怪我《けが》人もすぐに復帰できる。それも、何度でも。怪我《けが》の痛みも一瞬だけだ。

「「ファイアーボール！」」

魔法使いの冒険者も三人確保できた。

体当たり直後、隙《すき》だらけのヒュージスライムに三発の魔法が突き刺さり、スライム質が弾け飛ぶ。

殲滅《せんめつ》速度も、ゲイザーたちと来た時に比べ、だいぶ早い。このペースなら、なんとか今日中に一〇〇万ゼニー以上の金額を稼ぎ出すことができるだろう。

それにしてもボロ儲けである。さすがにジャイアントアント被害者の会はもういないかもしれないが、しばらく時間が経ったらまたやるのも良いかもしれない。

そんなことを考えていると、ユエルが小さくなったヒュージスライムにとどめを刺した。

「ご主人様！　スライムの雫《しずく》です！」

駆け寄るユエルの頭を優しく撫《な》で、ドロップをアイテムボックスにしまう。

まずは、一個だ。

それから、俺たちは丸一日ヒュージスライム狩りを繰り返した。

ドロップの売却を終え、宿に戻る。

手元に残った金額は、一六〇万ゼニー。

本来ならこれを人数分で分配し、そこからさらに高価なポーション代が引かれるところなのだが、今回はそれがない。

丸々と大金が残る結果になった。そして翌日、治療院《ちりょういん》の競売の日。俺は、エリスの治療《ちりょう》院《いん》を競り落とした。

第9話　エリスの治療院《ちりょういん》

エリスの部屋、その扉の前。

俺は一五〇万ゼニー、稼いだ金のほぼ全額をかけて、なんとかエリスの治療院《ちりょういん》を落札した。

これでも、相場と比べれば安い方だったのかもしれない。もともとエリスの家族四人が住んでいた家なのだから、治療院《ちりょういん》はそこそこ大きかった。

立地の悪さがネックになっていなければ、買えなかった可能性もあっただろう。

けれど、今そのエリスの治療院《ちりょういん》の権利書は、俺の手元にある。

現状、俺名義での所有にはなっているが、すぐにでもエリス名義に変更するつもりだ。このままでも問題があるわけではないが、やはりエリスの治療院《ちりょういん》がエリスの治療院《ちりょういん》でなくなるのは、なんだか後味が悪い。

エリスに恩を返すというならば、きっちり所有権までエリスに渡すべきだろう。そんなことを考えながら、安宿らしい、ささくれ立った木の扉を軽くノックする。

だが、返事がない。いないのだろうか。もう一度ノックする。やはり返事はない。

どうやら、エリスは出かけているようだ。

まぁ、どうしてもすぐに治療院《ちりょういん》を買ったことを知らせたい、というわけでもない。

気長に待とう。

宿の部屋でエリスの帰りを待っていると、気づけばユエルは寝てしまっていた。

どうやら、昨日丸一日かけてのボス狩りで、かなり疲れが溜まっていたようだ。ぐっすりと熟睡《じゅくすい》しているようで、穏やかな寝息をたてている。多分、しばらくは起きないだろう。

ふと考える。

エリスに治療院《ちりょういん》の権利書を見せたら、どういう反応をするだろうか。エリスが長年暮らしてきたあの治療院《ちりょういん》。家族との思い出がたくさん詰まっているだろう。あの家で妹の帰りを待ちたい、というのもあるだろう。エリスからしてみれば、どうしても手放したくなかったもののはずだ。

そこに、颯爽《さっそう》と治療院《ちりょういん》の権利書を持って現れる、俺。

俺は何の対価も求めずに、エリスにその権利書を手渡す。もちろんエリスは感動するはずだ。いや、感動しすぎてもう「素敵、抱いて！」となってしまうのではないだろうか。

問題はそこからどうなるかだ。

もしかしたら、エリスとユエルが俺を取り合って、修羅場《しゅらば》になってしまうかもしれない。今まではただぼんやりとハーレムも作りたいな、なんて考えていたが、実際に作ろうとしてみると、難しいものがあるような気がしてきた。

俺がエリスとくっつけばユエルは泣くだろうし、ユエルとくっつけば俺は官憲《かんけん》に突き出される。

いや、奴隷《どれい》だし、この世界でそんなことはないんだけれど。そんなことを考えていると、廊下側から、階段を上る足音が聞こえた。部屋から顔を出せば、ちょうど隣の部屋にエリスが入ろうとしているところだった。

「……何か用なの？」

廊下に出た俺を見て、若干低い声をかけるエリス。その目には、あまり力がないように見えた。だいぶお疲れのようだ。それに、不機嫌《ふきげん》そうでもある。

エリスの服は、治療院《ちりょういん》時代の修道服だ。もしかしたら、どこかで雇ってもらえないかと、他所《よそ》の治療院《ちりょういん》を回っていたのかもしれない。

「もうどこで働くか、決めたのか？」

「……まだ決まってないけれど、大丈夫よ。すぐに決まるわ。それに今日……治療院《ちりょういん》も売れて、そこそこ貯金もできたの」

素っ気ない態度。多分、心配されるのが嫌なのだろう。エリスは自分の問題は、自分で解決したい気質なのかもしれない。若いうちに一人になったから、自立心が強いのだろうか。

それにしても、やっぱり働く先は決まっていなかったのか。治療院《ちりょういん》は買い戻したんだから、そっちの方が良いんだけれど。

でも、そんな気はしていた。

エリスの治癒《ちゆ》魔法使いとしての実力は決して高くはないが、それでも並程度の実力はある。

それに、立派に実った巨乳を持つ、金髪美人だ。普通ならすぐにでもどこかで雇ってもらえそうではあるが……エリスは他所《よそ》の治療院《ちりょういん》からあまりよく思われていなかった。

それは、治療《ちりょう》費を相場よりかなり安く設定していたからだ。

この都市では治療《ちりょう》費が一律で決まっている、というわけではないが、だいたいヒール一回四〇〇ゼニー程度、というような相場があった。

その相場の半額まで治療《ちりょう》費を下げていたエリスの治療院《ちりょういん》は、客にとっては嬉しい反面、周囲の治療院《ちりょういん》からはあまり良い目で見られるわけがなかった。

そんなエリスの治療院《ちりょういん》が潰れて、その経営者であるエリスが雇ってくれと言いにきたところで、きっと皮肉でも言われるか、下心を隠さずに迫られるか、そのどちらかだっただろう。

俺なら下心全開で迫る。

しかしそんなエリスの疲れた顔も、俺の持つ、この権利書を見せれば変わるはずだ。

なかなか働き口が見つからず、疲れを溜め込んだエリス。精神的に磨り減っているかもしれない。そんな時に、俺がこの権利書を見せたなら。

「わ、私のために治療院《ちりょういん》を買い戻してくれたのね！　素敵、抱いて！」

こうなることは請け合いである。

エリスは俺のことをよく「あなた」と呼んでいるが、それにハートマークがつく可能性もないではない。

「……用があるんじゃないの？」

疲れた顔で、早く用を言いなさいよ、と言わんばかりにこちらを見るエリス。俺はそんなエリスの目の前に、治療院《ちりょういん》の権利書を掲げた。

「エリス、これを見てくれ」

「……なによ、これ。なんの書類？」

訝《いぶか》しげな顔をしながらも、権利書を見るエリス。そしてその表情が、驚愕に染まる。

「な、なんであなたがこれを⁉　今日……売れたはずなのにっ……」

驚きながらも、権利書を何度も見るエリス。

「あぁ、俺が買ったんだよ」

そして、俺の言葉にエリスは――

「あなたが……で、でもっ……なんで……そんなお金っ……っ！」

――俺の胸に飛び込んで……こない。

「だって、だってあなたはっ……三ヶ月前は……無一文だったじゃないっ！」

あ、あれ？　ちょっと想定していた反応と違う。喜ぶどころか、なんだか、悔しさに身を震わせているような、そんな雰囲気だ。

押し殺したような、震えた声。自分の服をギュッと掴み、俯《うつむ》くエリス。なぜ、こんな反応なんだろうか。あんなに大切にしていた治療院《ちりょういん》の権利書が、ここにあるというのに。

どうして――

「ごめんなさい、私、今は駄目《だめ》みたいっ……」

そしてエリスは、逃げ込むように、部屋の中に消えてしまった。その頬《ほほ》に、一筋の涙を零《こぼ》しながら。

どういうことだろう。

俺は、治療院《ちりょういん》なんてどうでもよくなってしまうぐらい、それほどまでにエリスに嫌われていたのだろうか。そんな俺がエリスの治療院《ちりょういん》を手に入れてしまったから――

……いや、多分違う。

これはきっと、エリスがどれだけ努力しても手放さざるを得なかった治療院《ちりょういん》を、俺が簡単に手に入れてしまったからだ。自分の大切なものを、治療費《ちりょうひ》の値下げのような、周囲の治療院《ちりょういん》から反感を買うかもしれないことをしてまで守ろうとしたエリス。

俺は簡単に治療院《ちりょういん》を手に入れたが、エリスは必死になっても治療院《ちりょういん》を守れなかった。

だからこそ、あんなに悔しそうなのだろう。確かに、今のエリスには気持ちの整理が必要なのかもしれない。

部屋のベッドでは、ユエルが寝息を立てている。

もう一度エリスと話をするには、時間を置く必要があるだろう……けれど、話相手もいなければ、やることもない。

エリスが部屋から出てくるまで、ちょっと出かけてこようか。

そういえば、そろそろアイテムボックスの容量がいっぱいだった。昨日のヒュージスライム狩りで、レアドロップと同時に大量のスライムゼリーを手に入れたせいだ。

多分、今まで溜め込んでいたものも合わせれば一年分は軽くあるだろう。

アイテムボックスの整理でもしよう。

中を探ると、ゴミが出てくる出てくる。

串焼きの串、果物の芯、投影の魔道具で撮られたグラビア写真……これはゴミじゃなかった。落とした拍子に踏みつけてしまい駄目《だめ》になった、何の動物の毛かわからないような毛でつくられた歯ブラシに、欠けた木のコップ。

そして……血まみれで、穴だらけの修道服。ユエルを探しに、迷宮に潜った時のものだ。ずっと捨てよう捨てようと思って、捨て忘れていた。忘れないうちに宿の胸チラさんにでも渡して、今度一緒にゴミに出してもらおう。

そして、その修道服を持って部屋を出ると――

「さっきはごめんなさい、私……っ!?」

――廊下で、エリスと鉢合わせた。

そのエリスの視線は、俺の腕……ではなく、血まみれの、穴だらけの修道服に向いていた。

驚き、そして悲しみへと、表情を二転三転させながら、俺を見るエリス。

「ねぇ、そ、それ……」

エリスは震える手で自分の口元を覆い、驚愕の表情で俺の持つ修道服を見た。そう、以前、ユエルを探しに行った時の修道服を。

「そんな……私の、ためなの？　わ、私、あなたは迷宮で、偶然《ぐうぜん》高価な魔道具でも見つけたんだと思って、それで……」

……あ、あれ？　どうやら、エリスは勘違いをしているようだ。

「いや、これは……」

……いや、待てよ。今、エリスは間違いなく、俺がエリスの治療院《ちりょういん》のために、命賭けの無茶をして、迷宮の深層に潜ってきたとか、そんな感じの勘違いをしているのだろう。

これは、誤解を解かない方がいいのではないだろうか。俺が命がけで、エリスの治療院《ちりょういん》を買うために金を稼いできたということにした方が、さっきのエリスを見る限り、エリスの心情的にも良いような気がする。

俺が無茶をして、体を張ったから治療院《ちりょういん》を買えた。

そういう話の方がエリスも納得できるんじゃないだろうか。何より、俺への好感度も上がる気がする。

「ごめんなさい、私、勘違いしていたみたい。でも、なんで、なんでそんなになるまで……」

エリスは目を潤ませながら、俺の持つ、血まみれの修道服を撫《な》でる。

その優しい手つきには、確かな慈《いつく》しみの感情が感じられる。もう、これでいいじゃないか。

何よりエリスの心情のため、そう、エリスのためでもある。俺はエリスに微笑《ほほえ》みかけながら、当然のように言う。

「もちろん、エリスに恩を返すために決まってるだろ？」

「……馬鹿ね、そんなことのために。それに、治療院《ちりょういん》なんて、命をかけるようなものじゃないでしょう」

そのとおりだと思う。俺も、建物のために命をかけるつもりはなかった。

エリスは悲しそうな、でも、どことなく嬉しそうな表情で俺を見ている。

そんな中、俺はアイテムボックスから権利書を取り出し——

「エリス、俺はエリスとやり直したいんだ。あの頃、エリスは苦労していたのに、俺は何も知らずに好き勝手やっていた。そして、それでも問題ないと思っていた。でも、エリスにとってはそうじゃなかったんだよな。気づかなくてごめん。俺が悪かったよ。……でも俺は、その罪滅ぼしと、恩返しがしたいんだ。だから……これを、受け取ってくれないか？」

エリスの足元で片膝を突き、こう言った。

多分、今の俺は凄《すご》くイケメンなのではないだろうか。命賭けで恩人の治療院《ちりょういん》を買う金を集め、そしてそれを無償で恩人に捧げる。

まさに美談。完璧《かんぺき》に決まった気がする。

「っ……！ ごめんなさい、私、あなたを追い出したのにっ」

権利書を握る俺の手を、そっと両手で包み込むエリス。その眦《まなじり》からは一筋の涙が零《こぼ》れている。

「そんなこと、気にしてないよ」

間違いなくセクハラした俺が悪いわけで。

でも、今は感動的な雰囲気だ。そんな無粋《ぶすい》なことは言わなくてもいいだろう。エリスの涙を、優しく指でぬぐう。

「私、あなたが来た時、まるでお父さんが帰ってきたみたいだと思ったの。欠損《けっそん》まで直す治癒《ちゆ》魔法の腕と、それに、なんだかんだで優しいところ。どことなく、似ていたわ。でもね、だからこそ、セクハラが嫌だった。でも、それは違ったのね、あなたは私のお父さんじゃない。あなたは、あなたなんだから……」

お父さんじゃなくても、セクハラはいけないことだけどな。でも、エリスはもう完全に雰囲気に流されてしまっていた。

「でも、もうそんな危険なことはしないで。ほら、借金もなくなったんだから、治療院《ちりょういん》だけできっと食べていけるわ。冒険者なんて危険な仕事は辞めて、ね？」

良い雰囲気だ。でも、……でもなんだか、罪悪感《ざいあく》が湧いてくる。

この流れが、エリスにとっても、俺にとっても一番良いはずではある。けれど、チクチクと、チクチクと俺の胸を刺すこの痛み。

この勘違いをエリスに伝えないのは、エリスのためでもある。でも、それに便乗して好感度を稼ごうとしたのがいけなかった。やはり、今からでも誤解だと言うべきなんじゃゃ——

「恥ずかしかったから、こんなこと言えなかったけど、助けられたのは私も同じなのよ。治《ち》療院《りょういん》にたった一人で、寂しくて、経営も全然上手くいかなくて。そんな時にあなたがきて、あなたとなら、一緒にこの治療院《ちりょういん》を立て直せるんじゃないかって、そう思ったこともあったの」

——俺がそんなことを考えているうちにも、エリスは話を続ける。そして、エリスは聞こえるか聞こえないかぐらいの、そんな声で言った。

「……ありがとう」

エリスが、俺の胸にコツンと頭を当てる。

前傾姿勢だというのに感じる、豊かな胸の感触。サラサラと揺れる、柔らかそうな金髪。鼻《び》腔《こう》を擽《くすぐ》る、甘い匂い。

……この嘘を隠し通そう、そう決めた。

その後、都市の中央付近にある、物件の仲介業者の下へ行った。一応、ユエルにはエリスと出かける、と置手紙を残した。名義の変更はつつがなく行われ、案外短い時間で済んだ。

そして、帰り道、大通りをゆっくりと歩きながら……さりげなく、エリスの腰に手を回してみる。

「っ……もう……」

エリスはピクッと震えて、俺の目を窺《うかが》うように見る。が、抵抗しない。

「しょうがないわね」というような態度である。

……ユエルには今夜、酒場でアルバイトをしてきてもらおう。

好感度はどうやら急上昇しているようだ。以前なら、腰に回した手をパシッと払ってから、睨《にら》みつけるぐらいはしてきたのだけれど。

そしてそのまま歩き続け、酒場の前を通りがかり――

「おうシキ！　お前、冒険者たちの稼ぎ集めてすげぇ儲けたらしいなぁ！　また奢《おご》ってくれよ！」

「隣のねーちゃんはなんだ？　えらい美人さんだな。……はーん、わかったぞ、金が入ってすぐ娼館《しょうかん》遊びか！　やるなシキ！」

だいぶ酒を飲んだのか、顔を真っ赤に紅潮《こうちょう》させたエイトとゲイザーに出くわした。

ま、まずい。この展開はまずい！

「今度また行こうぜ？　シキがいるだけで馬鹿みてぇに儲かるからな！　なぁに、シキは前と同じで、後ろでヒールしてるだけでいいからよ！　攻撃を受け止めるのは俺たちに全部任せてくれてかまわねぇ！」

「おう、戦闘は俺たちに任せとけ！　はははは！」

「ちょっ、ちょっと待て！　その話はまた今度にしよう！　今はまずいんだ！」

そして、ふと横を見れば……。

「何が、まずいのかしら……」

射殺《いころ》さんばかりの鋭い目つきで、俺を睨《にら》むエリスがいた。

……出来心だったんです。


俺は吐いた。すべてを吐いた。

治療院《ちりょういん》を買う金を稼いだ経緯に、あの血まみれの修道服は関係なかったこと。

偶然《ぐうぜん》エリスが勘違いをしたので、それに乗っかろうと思ってしまったこと。

それは、エリスからの好感度が上がるだろうという気持ちが大半だったこと。

「ご、ごめんなさい……」

土下座《どげざ》だ。紛うことなき、フォーム通りの完璧《かんぺき》な土下座《どげざ》である。頭を大通りの石畳《いしだたみ》に擦り付け、ただひたすらに許しを請う。

エイトとゲイザーは不穏《ふおん》な空気を感じとったのか、いつのまにか逃げてしまっていた。

「はぁ、もう、色々と台無しじゃない。…………いいわよ。べつに、謝らなくても」

それはもう、愛想がつきたということでしょうか。もう関わりたくもないから、そんなことはやめろとか、そんな感じなのでしょうか。恐る恐る顔を上げると……そこには、差し出されたエリスの手があった。

「私のあの態度を見て、気遣ってくれたっていうのも、あるんでしょう？　……ちゃんと、わかってるから」

俺は微笑《ほほえ》むエリスの手を取って、立ち上がる。そのエリスの柔らかな手の感触が、俺にはなぜか、とても嬉しかった。

「あの時は、あなたが偶然《ぐうぜん》大金を手に入れて、そのお金で気まぐれに私を助けたのかなって思ったの。その偶然《ぐうぜん》が私に起こらなかったのが悔しくて……。でも、違った。あなたは私のために、大金を稼ごうとした。そうなんでしょう？　手段なんて、どうでも良かったのよ」

そしてクスリと笑って「嘘は、駄目《だめ》だけどね」なんて呟《つぶや》くエリス。

「ほら、膝《ひざ》が汚れてるじゃない」

「あ、あぁ」

膝についた埃《ほこり》を払い、エリスを見る。太陽を背景に微笑《ほほえ》むエリスのその笑顔は、まるですべてを包み込むかのように優し気で、エリスの治療院《ちりょういん》に雇われたあの時を思い出すかのようだった。なんだか気恥ずかしくなった俺は、精一杯、平静を装い言った。

「帰ろうか」

　そして、エリスは――

「ええ、帰りましょう。ユエルちゃんの待つ宿に。そして、私たちの治療院《ちりょういん》に」

　微笑《ほほえ》みながら、そう言った。


「ご主人様！　おかえりなさい！」

　ユエルの待つ宿に到着するやいなや、ユエルが俺に向かって飛び込んできた。

　どうやらずっと、宿の入口で俺の帰りを待っていたらしい。

「あぁ、ただいま」

「ユエルちゃん、こんにちは」

「こんにちは！　エリスさん！」

「ユエル、悪いんだけど、宿にある荷物をまとめてくれないか？」

　これからは以前のように、エリスの治療院《ちりょういん》に住むことになる。

　荷造りをしなければいけない。

　まぁ、荷造りと言っても出しっぱなしになっている日用品、服をアイテムボックスにしまうだけなんだけれど。

「荷物をまとめる、ですか？」

「あぁ、これから俺とユエルは、エリスの治療院《ちりょういん》に住むことになるからな」

俺が理由を告げると、ユエルがビキリと固まった。

「……エリスさんが、ご主人様と一緒に住む、ですか？」

ユエルの視線がエリスに向かい、ユエルとエリスが見つめ合う。

そしてユエルは覚悟をしたように喉を上下させ、その視線を下に向けた。

そう、エリスの胸に。

ユエルはしばらくエリスの胸を見つめると、悔しそうに唇を引き結び、

「や、やっぱりご主人様は大きい人の方が……」

下を向いて、そう呟《つぶや》いた。

確かに俺は巨乳が好きだ。けれど、一緒に住むというだけで、なんでこんなに悲しそうな顔をするんだろう。

エリスの胸は大きい。確かに大きい。でも、そんなことは気にしても始まらない。

俺はユエルのそんな悲しそうな顔は見たくない。

「ユエル、確かにユエルはまだ小さい。でもな、ユエルはまだ子供だ。小さくて当然だし、これから成長する。大丈夫だ」

俺がそう言うと、若干涙をにじませた瞳を俺に向け、ユエルが問う。

「エリスさんと同じぐらいに、なりますか？」

それは無理かもしれない。

視線を逸《そ》らす俺に代わって、エリスが一歩、ユエルに近づく。

「ユエルちゃん、大丈夫よ。ユエルちゃんにはユエルちゃんの魅力があるもの」

エリスは優しく微笑《ほほえ》み、ユエルと視点を合わせるようにその場に屈む。

微笑《ほほえ》ましいものを愛でるように、ユエルの頭を優しく撫《な》でるエリス。

ユエルはそんなエリスに向けて、嬉しそうに、はにかむように笑う。

「それなら私、ご主人様に抱いていただけますか？」

エリスの頬《ほほ》が、ひくっと動いた。それはいけないユエルさん。

「……ユエルちゃんとは、どういう関係なの？」

「ご主人様、私、どうですか？」

エリスが少し引き気味に、そしてユエルは期待を込めた表情で俺を見る。

まずい、これはまずい。

どう答えても、エリスに引かれるか、ユエルを泣かせてしまう。

というか、そもそもの問題として、ユエルとエリスを同居させて大丈夫なんだろうか。

ユエルは間違いなく俺から離れない。でもエリスは、幼い女の子と成人した男が風呂でもベッドでも一緒にいるような、そんな不健全な状態は認めないような気がする。

やらかしたんじゃないか。

もしかしたら、この先には修羅場《しゅらば》が待っているのかもしれない。

そんなことを考える間にも、エリスは問い詰めるように、そしてユエルは今にも泣きそうな顔で俺に答えを求めてくる。

「ねぇ、シキ？　答えて欲しいんだけど」

「ご主人様！　わたし、魅力的ですか？」

お、俺はいったい、どうすればいいい！

〈『異世界の迷宮都市で治癒魔法使いやってます』②へ続く〉

番外編　初めてのおつかい

「あなたに、今日の夕飯を作って欲しいのよ」

俺がこの異世界にやってきて、そしてエリスの治療院《ちりょういん》で働くことになってから一週間。

唐突《とうとつ》に、エリスがこんなことを言い出した。

エリスは料理がうまい。店で出される料理の中にエリスの料理が混じっていても、気付かないというレベルでうまい。

この一週間も、ずっとエリスが料理を作ってくれていた。

それなのに、突然俺に料理を作れだなんて、いったいどうしたんだろうか。

「俺に、料理を？」

「ええ、いつも私が作っていたけど、ほら、うちにある魔道具は魔石燃料を使うタイプじゃなくて、使用者の魔力を流し込んで発動させるタイプが多いじゃない？　今日はちょっとお客さんが多かったから、魔力に余裕がなくて」

なるほど、そういうことか。

この家の台所では、火力に魔道具を使っている。魔力で動くコンロみたいなやつだ。

それを使うには、火を出している間、常に使用者が魔力を注ぎ続ける必要がある。

俺はどうやら人より魔力が多いようであまり気にはならないが、エリスにとっては負担になってしまうらしい。なんでそんなものを使っているのかと聞けば、魔石燃料を買うのがもったいないからだそうだ。

しかし、これはチャンスかもしれない。

料理の腕前では間違いなくエリスに勝てないが、俺には日本の料理という知識面でのアドバンテージがある。うまくいけば、エリスの胃袋をガッチリ掴み「もうあなたの料理なしじゃ生きていけないの、結婚して！」という展開まであるかもしれない。

「そうか、そうか、それならしょうがないな。まぁ俺に任せとけ！」


エリスから夕飯の予算が入ったバンクカードを受け取った俺は、食材を買うために意気揚々と街に出かけた。

買い物まではしなくて良いと言われたが、エリスの舌を唸《うな》らせるには、食材から厳選しなければ駄目《だめ》だろう。

しかし、この世界に来てから食材を買うのは初めてだった。いったい、どんな食材があるんだろうか。醤油《しょうゆ》や味噌《みそ》があれば良いんだけど。

そんなことを考えながらエリスから聞いた道のりを歩き、市場に辿り着いた。

威勢のいい声が飛び交い、人もずいぶんと多い。賑わっているようだ。

まずはメインの肉か魚を買いたい、そう考え、それらしい屋台が多い場所へ向かう。

「いらっしゃい、いらっしゃい！　お兄さん、夕飯の買い出しかい？　うちは新鮮《しんせん》で安いよ、ひとつどうだい！」

早速声をかけられた。声の方向に振り向けば、何の肉かわからないが、屋台に多くの肉の塊が並べられていた。どうやら肉屋のようだ。

「へぇ、何を売ってるんだ？」

「オークだよ」

……聞き間違いだろうか。

「今、オークって言ったか？」

「あぁ、オークだよ、オークの肉だよ！　あの緑色の肌で豚顔のあいつだ、トロッとした脂身がうまいんだよ！　さぁ、ひとつどうだい！」

「け、けっこうです……」

早速心が折れそうだ。オークの肉ってなんだ。豚肉感覚か。

この世界の常識は、ここ一週間のエリスとの会話で少しずつわかってきた。

オークというのは魔物だ。ファンタジー系のゲームに出てくる、あのオークだ。あれを食べるのだろうか。ありえない。

改めて周囲を見渡してみれば、見覚えのない食材が多い。見たことのある食材がないでもないが、半分ぐらいは見たことのない食材だった。

この世界の食文化は日本とだいぶ違うようだ。そういえば、エリスの料理にも醤油《しょうゆ》や味噌《みそ》の味をしたものは一回も出てこなかった。

……日本料理を作るのは、もしかしなくとも難しいのかもしれない。

「そこの格好いいお兄さん！　卵はどう？　大きいのから小さいのまで、たくさんありますよ！」

それから少し市場を見ながら歩いていると、また声をかけられた。

振り向けば、そこには卵ではなく桃があった。そう、桃である。衣服という布きれで、優しく梱包《こんぽう》された、立派な、それはもう立派な桃があった。

俺に声を掛けてきた女性の胸元は大きく開かれ、なおかつ強調するかのように腕を寄せていた。

テイクアウトでお願いしたい。

……いやいや、そんなことに気をとられている場合じゃなかった。

買い物だ、俺は買い物に来たんだ。立ち去るべきだ。

この卵売りのおねーさんの笑顔は、胡散臭《うさんくさ》い。この手の女性と交渉をすると、俺は間違いなく勝てない。昨日治療院《ちりょういん》に来た、赤毛の冒険者にだって勝てなかった。

これからの展開は予想できる。間違いなく、俺はぼったくられる。

今すぐに、立ち去るべきだ。

「ちょ、ちょっと待っておにーさん！　この卵、ちょっとだけ割高だけど、本当に美味《おい》しいんですから。ほ、ほら！　今なら一〇個買ってくれれば、特典もつけちゃいます！」

立ち去ろうとすると、横から声をかけられた。しかし駄目《だめ》だ、聞いてはいけない。

「おにーさん！　待って、待ってください。足を止めてください。ほら、今からすごいことしますから」

す、すごいこと⁉

……い、いやいや、駄目《だめ》だ駄目《だめ》だ。

今俺のバンクカードに入っているのは、エリスから預かった、大切な夕食の資金。

考えなしに使うわけにはいかない。

でも、でも……見るだけならいいかもしれない。預かった金を使うわけじゃない、見るだけだから……。

チラッと視線を向けると、お姉さんがニヤリと笑った。

そして、彼女の胸の谷間には、深く、深く柔肉に沈み込むように、卵が挟み込まれていた。

な、なんて暴力的な光景だろうか。

俺がその卵に目を向けると、駄目《だめ》押しのように、上目遣いで彼女は言った。

「私の卵、収穫してくれますか？」

買ってしまった。収穫してしまった。所持金のほぼ全額を卵に変えさせられてしまった。

エリスの治療院《ちりょういん》、そのテーブルの上には、山もりのオムレツが並び、それをエリスが微妙な表情で眺《なが》めていた。

「ねぇ、なんでオムレツだけなの？」

「ご、ごめんなさい」

さすがに答えられない。お姉さんの色仕掛けで高価な卵を売りつけられたなんて言えば、軽《けい》蔑《べつ》されるのは間違いない。

クビにされるまではなくとも、一緒に住むことに抵抗を覚えられる。

そんなことを考えながら口ごもっていると、エリスはどうやら勝手に納得してくれたらしい。

「そっか……あの市場の近くには、孤児院《こじいん》があるものね。どうせ、子供が一生懸命卵を売っていたから、ついつい買っちゃったんでしょう？」

違います。もしそんな状況に出くわしたならわからないが、今回俺が流されたのは情は情でも情欲の方だった。

けれどエリスに経緯を説明することはできないし、否定もできない。

そうして俺が曖昧《あいまい》な表情で濁《にご》していると、話は終わりとばかりにエリスはオムレツに手をつけ始めた。

「あなたは食べないの？」

「あぁ、いや、食べるよ」

エリスと二人で、オムレツの山を切り崩していく。少し罪悪感《ざいあく》はあるけれど、穏やかな時間だ。

決して美味《おい》しいとは言えないオムレツを食べながら思う。

なんだかんだで、この治療院《ちりょういん》は居心地が良い。多分、エリスの人柄のおかげだろう。

俺は意志の弱い、駄目《だめ》な奴ではあるけれど。

でも、いつかエリスに恩を返そう。


（了）

MONSTER bunko

異世界《いせかい》の迷宮都市《めいきゅうとし》で治癒魔法《ちゆまほう》使《つか》いやってます①

2014年11月2日　初版発行

著者　幼馴《おさなな》じみ

発行者　赤坂了生

発行所　株式会社双葉社
〒162-8540
東京都新宿区東五軒町3-28
電話　03-5261-4818（営業）
　　　03-5261-4808（編集）
http://www.futabasha.co.jp
（双葉社の書籍・コミック・ムックが買えます）

印刷・製本所　三晃印刷株式会社

フォーマットデザイン　ムシカゴグラフィクス

落丁・乱丁の場合は送料双葉社負担でお取り替えいたします。「製作部」あてにお送りください。
ただし、古書店で購入したものについてはお取り替えできません。
［電話］03-5261-4822（製作部）

定価はカバーに表示してあります。

ISBN978-4-575-75011-9　C0193
Printed in Japan

Mお01-01